Norbert Scheurig

Die Höhlen von Bottenga

Fantastische Geschichte

Titelbild in Farbe und Bilder in SW
aus Wikimedia Commons

Eldor, Sohn des Schmieds Tull und seiner Frau Geela, aufgewachsen in Laar, ein großes Dorf im Bottenga Land, umgeben von einem riesigen Felsengebirge. Sieben Höhlen die von den Dorfbewohnern noch nie betreten wurden, waren im Nebel zu erkennen. Die größte Höhle nannte man einst Höhle der singenden Geister, diese war geächtet und wurde nie betreten. Als jedoch vor vielen Jahren, Sartus und seine Horden in das friedliche Land einfielen, war plötzlich nichts mehr wie und was es einmal war!

Eldors Leben und alles was er bisher glaubte zu sein, änderte sich an seinem zwanzigsten Geburtstag.

Tag der Wahrheit.

Eldor komme zu uns. Sein Vater Tull und seine Mutter Geela sitzen am selbst gezimmerten Tisch und bitten Eldor Platz zu nehmen. Heute ist der Tag der Wahrheit. Höre unsere Worte. Tull öffnet eine alte vergilbte Schriftrolle und beginnt darin laut zu lesen:

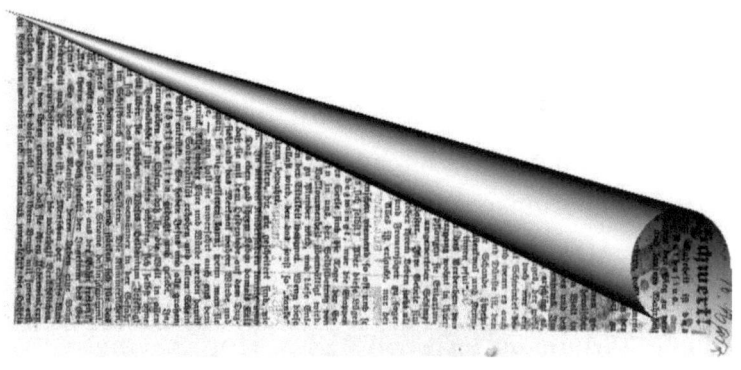

„ Ich bin Ihlas, Herrscher von Bottenga mit seiner Hauptstadt Galdann, den Dörfern Assmer, Goola und Laar. Lange Zeit regierte ich mit meiner Frau Marta über unser friedliches und schönes Land " Eine Landschaft mit Felsen, dem Fluss Neker, Feldern und Äckern, deren Anblick für alle Bewohner von Bottenga wunderbar war. Gemeinsame Arbeit und Zusammenhalt sorgte für Wohlstand und Frieden.

"Ja" Bottenga war frei.
Unser Leben war ein Leben der Freude. Marta und ich waren auf unserer Burg Allfrei, von der man weit über das Land und seinen Fluss Neker blicken kann, immer glücklich und zufrieden.

Als unser Sohn geboren wurde, war unser Glück vollkommen. Wir alle im Land waren in Freundschaft und Solidarität verbunden, egal ob Bauer, Fischer, Schmied, Wirt oder Wagenlenker. Das war in der damaligen Zeit, ob nah oder fern, nicht überall so. Doch es kam der Tag als Sartus und seine wilden Krieger, über unser Land herfielen, es fast völlig dem Erdboden gleich machten und viele unserer Reichtümer stahlen. Mit Hilfe einiger treuen Freunde konnten Marta und ich den wilden Horden von Sartus entkommen. Wir ließen aber dich mein Sohn, bei Tull dem Schmied und seiner Frau Geela zurück, in der Hoffnung, dass sie und auch du lieber Eldor überleben werdet. Wir versuchen in der größten Höhle, die in alten Zeiten „Höhle der singenden Geister" und nun Höhle der Verdammnis genannt wird, Schutz vor den Kriegern des Sartus zu finden. Auch einen großen Teil von Gold und Silber, der den Bürgern unseres

Landes gehört, konnten wir durch Hilfe meiner guten Freunde retten!
Ich gab Tull einige Dinge, die er dir am heutigen Tag überreicht und dich ausweist als mein Sohn, Regent und König von Bottenga zu sein.

Ein goldener Ring mit dem Stein des Erkennens, der dir einst Tore und Wege zur Freiheit öffnen wird. Ein Kettenhemd aus einem Material das von den Vorfahren unseres Landes erfunden wurde und dem Schwert des siegreichen Kämpfers *Elban*, der dein Großvater war und Bottenga in den alten Zeiten zur Freiheit verhalf.
Sartus wollte es unbedingt haben, aber wir konnten es Tull übergeben, dass er es dir „Eldor" am heutigen Tage überreichen kann. Viele unserer treuen Frauen und Männer ließen dafür Freiheit und Leben. Sei nun stark, wie alle deine Vorfahren es einst waren und sei bereit für die Freiheit von Bottenga und seine Menschen zu kämpfen. Gebe dein Bestes, denn du bist mein Sohn und der rechtmäßige König des gesamten Landes. Sei bereit Ungerechtigkeit und Sklaverei des Sartus zu beenden! Tu es für dein Land und für seine Bewohner.

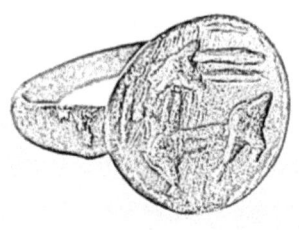

Ring mit dem Stein des Erkennens!

Weiterhin sage ich dir, dass das Mal auf deiner linken Hand ein Zeichen des Erkennens sein wird. Alle rechtmäßigen Herrscher und Könige unseres Landes wurden damit geboren. Achte darauf, dass Sartus und seine Vasallen dies niemals sehen werden. Es wäre dein sicherer Tod.

Lasse dich nie vom Hass leiten, bleibe wachsam und gerecht gegenüber allen deinen Untertanen, so steht es im Buch der Gesetze von Bottenga geschrieben. Gleichheit aller war unser Ziel, was auch in Zukunft dein Ziel sein soll lieber Eldor, mein geliebter Sohn.

Nehme dieses Erbe an und versuche unser und dein Land von Sartus und seinen Barbaren zu befreien. Kämpfe deinen Kampf für Bottenga und seine Menschen, befreie unser Land vor Knechtschaft und Sklaverei! Sei stark wie ein Stier, so wie alle deine Vorfahren es immer waren.

Verlasse nun dein sicheres Heim und begebe dich auf die Suche nach den Söhnen und Töchtern meiner ehemaligen treuen Freunde und Kämpfer, deren Taten in der Halle der Helden geschrieben sind. Alle werden dich an dem Mal auf deiner linken Hand und dem Schwert, das mein treuer Freund und Gefährte Tull dir nun übergeben wird, erkennen, dir folgen wie ihre Väter mir einst mir gefolgt sind.
Ich Ihlas bin überzeugt, dass sie lange schon auf dich warten, um Bottenga aus den Fängen von Sartus zu befreien. Gehe nun mein Sohn, verschwende keine Zeit. Rette Bottenga und seine Bewohner vor Ausbeutung, Verfolgung und Gefangenschaft.
Suche die Freunde, sie werden dir treu ergeben sein!

Arem, Sohn des Sperrwerfers Geritas, und seiner Frau Ella.

Noppus, Sohn des Hard, den man die Faust nannte und seiner Frau Mara.

Freddo, Sohn des Carl, Herr der Mauern und seiner Frau Lotta.

Geres, Sohn des Zarn den man das Messer nannte und seiner Frau Rehn.

Leandra, Tochter von Atta der die Zukunft sieht und seiner Frau Neer.

Lona, Tochter von Xero der die Streitaxt schwingt und seiner Frau Liann.

Solltest du in Not geraten, mein geliebter Sohn dann begebe dich nach „Ambur" die Perle des Nordlandes, suche meine Freunde aus der Zeit des friedlichen zusammen Lebens, Uve und Orst, zeige deine linke Hand und du bist sicher vor allen, die dich und deine Freunde verfolgen.

Ambur und Bottenga verbindet seit langer Zeit ein Band der treuen Freundschaft und des gegenseitigen Vertrauens!

Tull warf die Schriftrolle ins Schmiedefeuer sah ihn an und fragte, willst du das tun, Eldor? Seine Antwort war „nein" denn ich bin der Sohn eines Schmieds und seiner Frau. Auch ich werde eines Tages Schmied sein und nicht irgendein Gegner von Sartus und anderen die ich überhaupt nicht kenne!
Für irgendwelche alte Märchen, Kriege führen und Freunde ins Verderben stürzen, verzeiht mir aber so stelle ich mir mein weiteres Leben nicht vor. Tull sagt darauf: „Wir werden sehen"

Denn auch du Eldor wirst irgendwann erkennen, dass jener der unser Volk unterjocht und versklavt mit allen uns zu Verfügung stehenden Mitteln unbedingt bekämpft werden muss, ja wir werden sehen. Ich Tull hoffe, dass es nicht zu spät sein wird! Geela umarmt Eldor, sieht in seine Augen sagt aber nichts.
Eldor wendet sich ab, begibt sich zum Schmiedefeuer um weiterarbeiten zu können. Die Hammerschläge auf das glühende Eisen sind jedoch heute stärker als sonst.

Tull, Eldor und Hermes

Es kam der Tag als in Laar das jährliche Felsenfest stattfinden sollte. Alle Bewohner halfen mit um ihr Fest erfolgreich zu gestalten! Es wurde gekocht, gebacken und die Häuser mit Blumen geschmückt. So wie es viele Jahrzehnte Tradition in Laar war. Jedoch ein Lakai des Sartus kam und verkündete, dass dieser am Fest teilnehmen will.

Aber es muss für ihn ein besonderer Platz vorhanden sein, denn er ist Herr des gesamten Landes.
Wichtig wäre eine besondere Sitzgelegenheit die alle überragen muss. Ein Teller mit frischem Obst muss sofort gereicht werden. Er, unser Herr ist unbedingt bevorzugt zu behandeln. Seine Reste von Speis und Trank, dürfen wohlwollend an Knechte und Arbeiter des Landes weiter gegeben werden, denn er ist unser König und Herr.

Seinem Sohn Pern wäre es wichtig an Wettkämpfen teilzunehmen die mit der Faust ausgetragen werden, denn seine Faust ist die härteste und beste Faust die es jemals gab und so nie mehr geben wird. Er will alle Kämpfe gewinnen, die Siegprämie und den Titel: „Bester Faustkämpfer im Land" der ihn mit Hard auf eine Stufe stellt, hat aber vergessen, dass dieser, seit dem fünfzig jährigen Bestehen des Faustkampfs zwanzigmal als Sieger den Titel erkämpft hat.

Am Tag des Festes wurden Tiere zerlegt und über offenem Feuer gebraten. Speck in Hülle und Fülle, hergestellt von Seppo, den man in Laar nur den „Specksepp" nennt.

Speck aus Laar

Fische aus dem Fluss Neker, viele Tage vorher geräuchert, konnte man verzehren. Süßspeisen von den Frauen frisch bereitet, wurden bereitgestellt. Getränke jeglicher Art wurden verteilt.

Alles war wie immer, fast wie immer! Sartus befahl, dass erst wenn er und seinen Krieger gesättigt sind, alle anderen am Mahl des Festes teilnehmen dürfen. Das gemeinsame Essen der Bürger von Laar, wäre von nun an das Siegesmahl für ihn und alle seine Kämpfer. Sie ließen fast nichts übrig, sie fraßen und fraßen. Selbst Tiere wissen wenn sie satt sind, Saturs Bande wusste es nicht!

Voller Zorn sahen die Bewohner von Laar diesem Treiben zu, konnten jedoch nichts dagegen tun. Es wäre ihr Tod gewesen, sich den Horden von Sartus entgegen zu stellen. Viele Bürger von Laar verlassen vorzeitig das Fest. Am Abend ist nur noch das Gegröle von betrunkenen Männern aus Sartus Bande zu hören. Der lacht und sagt, trinkt meine Krieger, trinkt. Denn bald werdet ihr wieder kämpfen und siegreich für mich, euren Herrn und König sein.
Ich wurde geboren um als Herr viele Länder zu regieren und zu beherrschen.
Ich bin Sartus, seine Augen glänzen wie die Augen eines Wahnsinnigen. Seine Krieger jubeln ihm zu!
Doch viele Festteilnehmer sind erschrocken und bangen um ihre Zukunft und die ihrer Kinder.

Am nächsten Tag wollte Eldor unbedingt als Zuschauer bei den besten Faustkämpfern des Landes dabei sein. Ein Kämpfer gefiel ihm besonders. Sein Name ist Noppus. Überlegen gewann er jeden Kampf, selbst Neler der dreimalige Sieger des Turniers wurde von Noppus besiegt. Achtungsvoll nickte er Noppus zu und sagte: „ Du bist gut, sogar sehr gut"

Endkampf, Noppus gegen Pern

Im Endkampf um den Gesamtsieg traf er auf Pern den Sohn des Sartus, der wie ein Pfau in der Arena herumtanzt und trotz einiger verlorener Kämpfe und vielen nicht den Regeln entsprechenden Tricks, immer zum Sieger gekürt wurde so, dass er im Finale gegen Noppus antreten konnte. Noppus lässt ihn mit harten, gezielten Faustschlägen in der Kampfarena umher taumeln. Nach kurzer Zeit, trifft er ihn mit einigen gewaltigen Schlägen auf das Kinn, Pern fällt zu Boden, war danach nicht mehr in der Lage sich zu erheben. Noppus wurde aber wegen irgendwelcher Statuten, die Sartus neu eingeführt hat, nicht zum Sieger des Box Wett Kampfes ernannt, sondern Pern der Sohn des Sartus wurde zum Sieger auserwählt, trotz den lauten Pfiffen und Buh Rufen der Zuschauer, die von Sartus lachenden Kriegern sofort mit harten Schlägen und Tritten unterbunden wurden!

Der Herrscher erhob sich und sprach: „Ich ernenne meinen Sohn Pern zu Sieger des Turniers" und überreiche ihm den grünen Stein aus der Höhle der singenden Geister als Prämie. Weiterhin erhält er einen Geldpreis, der von den Bewohnern dieses Dorfes aufgebracht werden muss.

Dreißig Silberstücke sind für den Sieg von Pern das Preisgeld, das er sich für seinen Sieg verdient hat! Pern nimmt den Preis entgegen und verschwindet nachdenklich in seiner Unterkunft.
Eldor war über dieses Urteil erbost und will Einspruch anmelden. Doch Tull und der Fischer Flinn halten ihn zurück und sagen für die Feinde nicht hörbare, folgende Worte die in Bottenga nie vergessen werden:

„Die Zeit wird kommen und du wirst sprechen und urteilen, Gerechtigkeit wird zurück kehren wenn du Eldor das Erbe deines Vaters weiterführst"

Sie spenden Noppus Trost, und bitten ihn Gast in ihrem Haus zu sein. Versprechen ihm, dass bald der Name Pern aus den Siegerlisten entfernt wird und sein Name als Sieger darin zu lesen ist. Dieser freut sich stimmt der Einladung zu. Geela stellt Brat Fleisch, gekochte Wurzeln und wunderbare süße Früchte auf den Tisch. Eldor reicht klares Wasser aus den Quellen des Felsen Landes. Plötzlich erkennt Noppus das Mal auf der linken Hand von Eldor und erstarrt. „Du" bist es, das Zeichen auf deiner Hand habe ich viele Nächte im Traum gesehen.

Leandra die Tochter des Atta sagte mir einst, achte auf dieses Zeichen, denn jener, der dieses trägt ist unser König und Herr. Er wird uns alle vom Diktat des Sartus erlösen. Doch sucht die Töchter und Söhne der ehemaligen Freunde unseres Königs Ihlas. Nehmt euch aber vor Gurd in acht, der in Galdann als Bürger Meister regiert. Er ist ein Verräter unseres Volkes und hält mich und viele andere Getreuen im Turm ohne Rückkehr gefangen.

Eldor ist sehr verwirrt, seine Gedanken überschlagen sich. Als aber der Fischer Flinn ins Haus stürmt lauthals ruft, Eldor schnell verstecke dich. Man hat dich verraten. Sartus und seine Teufel prüfen jede linke Hand unserer Jungen und suchen nach dem Mal! Schnell verschiebt Tull eine Planke vor seinem Schmiede Feuer und ruft: Da hinein Eldor. Sofort. Kurze Zeit später stürmen Sartus, und einige seiner Krieger die Schmiede und lassen sich die Hände und Arme der Anwesenden zeigen. Kein Mal, kein König nur dummes Geschwätz. Ich Sartus bin Herr und König. Geschichten, Legenden sind nur für jene, die daran glauben! Da aber in Laar solche dummen Geschichten erzählt werden, arbeitet man zu wenig.

Zukünftig verlange ich doppelte Abgaben.
Du Schmied hast nun die Aufgabe, Waffen her zu stellen!
Denn wir werden das Nordland bekriegen und ihre Stadt Ambur zu unserer Stadt machen. Lachend verlassen Sartus und seine Horde die Schmiede. Eldor verlässt sein Versteck und spricht folgende Worte:

"Ja ich tu es, es darf nicht sein, dass Ungerechtigkeit siegt, dass ein Despot Freiheit und Würde unseres Volkes beschneidet. Sein Recht ist nicht unser Recht!

Er schaut Noppus in die Augen, erkennt, dass dieser ihm folgen wird. Noppus sagt, auf nach Galdann. Tull der Schmied ist sehr stolz auf Eldor, er holt eine Kiste aus seinem Regal öffnet diese und überreicht den Inhalt seinem Ziehsohn. Siehe mein Sohn, viele Jahre habe ich daran gearbeitet. Es ist ein Handschuh aus den Sehnen von Tieren, farblich auf deine Hand abgestimmt, beweglich so, dass es wie eine zweite Haut dein Mal überdeckt und von den Feinden des Bottenga Landes nicht erkannt wird.

Weiterhin sage ich dir, dass von unseren sieben Höhlen nur die größte tief in das Felsengebirge reicht. Die anderen enden nach einigen Schritten am Fels. Ich habe als Junge dies erkundet. Hatte jedoch nicht den Mut in der großen Höhle weiter zu gehen! Das Singen war mir damals irgendwie unheimlich und machte mir etwas Angst.
Jedoch sage ich dir, du kannst Wände verschieben, verschlossene Tore öffnen und schließen! Denn du bist Eldor, unser aller König.

Felsenland

Die Reise nach Galdann.

Eldor nimmt alle Dinge entgegen die einst sein Vater Ihlas, seinem Freund Tull für ihn hinterlassen hat. Den Handschuh streift er über seine Hand. Er passt genau wie eine neue Haut. Keine Probleme mit der Beweglichkeit. Er umarmt seinen Vater Tull und seine Mutter Geela, sagt „nun dann, wir gehen es an" Noppus lächelt, auf nach Galdann!

Sie verlassen Laar und das Felsenland. Am Neker entlang in Richtung Galdann. Nach zweitägiger Wanderung erreichen sie eine Ansammlung von Gebäuden. Ein Gebäude überragt alle anderen, Es ist die Wirtschaft in der Sartus Horden bei Streifzügen kostenlos bewirtet werden müssen.
Eldor und Noppus treten ein und nehmen an einem grob gezimmerten Tisch Platz. Sie beobachten die Anwesenden, werden aber auch kritisch von allen anderen beäugt. Ein Gast tut sich besonders hervor. Wer seid ihr, woher kommt ihr und was wollt ihr?
Eldor gibt sich unterwürfig, verbeugt sich artig und sagt: Ich bin Eldor, Sohn von Tull dem Schmied aus Laar, bin mit meinem Freund Noppus auf der Suche

nach Eisen so, dass mein Vater, Waffen für Sartus schmieden kann. Der Frager nickt und beendet sein Interesse!
Noppus kann ein leichtes Grinsen nicht vermeiden denn er erkennt, dass dieser Gast ein Spion von Sartus ist, der sich nun wieder seinem Getränk zu wendet. Als er dann schreit, Wirt bringe mir Wein, viel Wein den Sartus uns versprochen hat, er zahlt die Zeche, oder auch nicht. Egal, Wirt beeile dich, mache schnell. Denn sonst, nun gut du wirst es wissen!

Elek der Wirt tritt an ihren Tisch, fragt nach den Wünschen der Neuankömmlinge. Dabei sieht er unauffällig auf die Hände der beiden Freunde. Da er nichts erkennt nimmt er ihre Bestellung entgegen und wendet sich traurig ab. Nach kurzer Zeit serviert er den beiden Bohnen mit Speck und klares Wasser. Eldor zieht seinen Handschuh nach vorne so, dass das Mal auf seiner linken Hand erkennbar ist. Als Elek dies erkennt möchte er vor Freude jubeln und schreien. Im letzten Moment beherrscht er sich aber seine Augen leuchten wie Diamanten im Sonnenlicht! Das Herz von Elek pocht, in seinen Gedanken spürt er, dass der Tag gekommen ist, Freiheit ist nah. Im Innersten spürt er Genugtuung. Bald werde ich für

Sartus und die seinen nicht mehr der Fußabtreter
sein. Denn der König von Bottenga ist endlich da.
Elek begibt sich zu einem Tisch an dem ein Mann seit
einiger Zeit mit einem Messer seine Fingernägel
reinigt. Er nickt diesem unmerklich zu, dieser begibt
sich an den Tisch von Eldor und Noppus und bittet
Platz nehmen zu dürfen. Setz dich zu uns Freund,
trinke mit uns das erfrischende, kristallklare Wasser
aus den Bergen von Laar.

Sartus Spion ist mittlerweile sehr betrunken und an
seinem Tisch ein geschlafen. Der neue Tischnachbar
von Eldor und Noppus sagt nur drei Worte: „Zeige es
mir" Eldor verschiebt seine sogenannte zweite Haut,
lässt erkennen wer er in Wirklichkeit ist und fragt.
Wer bist du Freund? Sofort antwortet jener der an
dem Tisch Platz genommen hat mit folgenden
Worten: „Ich bin Geres Sohn des Zarn der einst
Freund deines Vaters Ihlas und deiner Mutter Marta
war" Ich bin meines Vaters Sohn der mit den
Messern, geschmiedet von Tull, sogar einer Mücke
ins Auge treffen kann. Dann, begleite uns Geres um
dem Diktat von Sartus und seiner Bande ein Ende zu
setzen. Hilf uns mit all deiner Kraft die Herrschaft des

Bösen zu beenden.
Ich Eldor schwöre, dass ich für Bottenga alles tun werde, für Gerechtigkeit und freies Leben für alle.

Elek der Wirt tritt hinzu, erklärt den Kämpfern, dass es unbedingt notwendig wäre zuerst nach Assmer zu gehen um mit Freddo dem Sohn des Carl einen Freund zu gewinnen. Er baut starke Mauern und kann gewaltige Mauern mit seinem Hammer, den nur wenige Menschen tragen können wieder zerstören. Geht nun und erfüllt euren Auftrag für uns und für Bottenga! Er reicht ihnen zu Abschied einen Sack der mit Speck und Brot gefüllt ist.
Noppus nimmt das Geschenk entgegen und freut sich sehr darüber. Nahrung ist wichtig um zu überleben und gegen Sartus mit seiner Bande zu bestehen. Eldor lächelt zu den Worten von Noppus, denn er kennt mittlerweile den großen Hunger von seinem Freund und Faustkämpfer!
Zu dritt machen sie sich auf den Weg nach Assmer das direkt am Neker erbaut wurde. Einige einfache Boote, mit Segeln ausgestattet, sind mit Seilen am Ufer befestigt und gesichert. Fischernetze wurden zum Trocknen an Pfählen aufgehängt. Fische die am

frühen Morgen gefangen wurden, werden verkauft. Ein Geldeintreiber von Sartus, der dem Rat von Assmer angehört, kassiert zwei Drittel des Erlöses! Wortlos und stumm nehmen die Fischer dies hin.

Doch irgendwann so schwören sie werden sie die Geldeintreiber und alle Verräter aus Bottenga verjagen. Dieser Schwur und die Hoffnung auf ein freies und gerechtes Leben macht sie stark. Denn er wird kommen und siegreich sein!

Burg Allfrei.

In dieser Zeit wird auf der Burg Allfrei der Jahrestag zur Herrschaft von Sartus über Bottenga gefeiert. Er betritt mit wehendem Umhang den Burghof. Sein Sohn Pern mit einem Kettenhemd bekleidet geht einige Schritte hinter ihm. Seine Krieger jubeln ihm zu. Selbst Gefangene winken mit Fähnchen. Lieber, damit winken als tot sein.

In ihrem Denken und im Herzen sehnen sie sich nach Freiheit in der Hoffnung, dass ihr König kommen wird und sie alle, vom Übel „Sartus" erlöst.
Dieser betritt eine mit wehenden Fahnen geschmückte Bühne, reckt die Hände zum Himmel und verkündet seine Ideen.

„Ich bin Sartus, Gott und Herrscher über die Welt" Bald wird die Stadt Ambur und das gesamte Nordland unser sein. Meine Krieger werden zu Königen werden. Jeder darf drei Frauen nach seiner Wahl sein eigen nennen. Alle Gefangenen die sich nun niederknien und mich als Gott und Befreier anbeten, werden frei sein. Denn ich bin euer Gott und Herr! In den Reihen der Fähnchen schwenkenden Gefangenen entsteht ein Gemurmel. Keiner kniet nieder. Einige die versuchen zu Boden zu fallen werden von den anderen festgehalten um das nicht zu tun. Sartus ist erzürnt, schickt sie alle weg. Wer sich wiedersetzt soll im Turm ohne Rückkehr verhungern wie Leandra die Tochter von Atta und andere die sich mir wiedersetzt haben. Bei Wasser und etwas Brot werden sie erkennen und verstehen! Denn ich bin für ewig, ihr Herrscher und ihr Gott! Die Welt ist mein. Seine Augen leuchten voller Freude über die eigenen Worte.

Er sagt, alle werden es bereuen, sich nicht vor mir in den Staub geworfen zu haben! Denn ich bin Sartus ihr Herr. Zukünftiger Herrscher und Gott über alle Länder von nah und fern. Als erstes wird das Nordland mein Eigentum sein. Vielfacher Jubel von seinen Vasallen, gibt ihm das Gefühl der Unbesiegbarkeit. Wie immer wenn sich Wahnsinnige überschätzen!

Pern der etwas abseits von Sartus Platz genommen hat, wird wieder sehr nachdenklich. Er ist der Meinung, dass Menschen nicht auf diese Weise regiert werden dürfen. Schläge, Tritte und Gefangenschaft ist der falsche Weg um von ihnen Anerkennung und Zuneigung zu bekommen. Sartus jedoch kennt nur Gewalt die einst sein Untergang sein wird. Pern sagt jedoch nichts, er kennt den Vater und seinen Zorn auf alles und alle die seiner Meinung und seinem Denken, wiedersprechen.

Drei Freunde erreichen den Ort Assmer. Voller Misstrauen werden sie von den Dorfbewohnern beobachtet. Einer von den Bewohnern baut Mauern

und zerstört sie nach kurzer Zeit mit einem
gewaltigen Hammer in kleine Teile. Danach lacht er,
sagt nur, so wird es sein, so werde ich es tun!
Eldor geht zu ihm und fragt, weshalb baust du
Mauern und zerstörst sie wieder?
Freddo antwortet aus voller Überzeugung:

„Der Tag wird kommen, Er wird kommen!
Ich schwöre er wird kommen! Dann wird es nötig sein
die dicksten Mauern eines Turmes der Diktatoren zu
zerschlagen!
So wird es einst sein. Ich bin bereit!

Eldor sagt, er ist da, mein Freund, zeigt ihm seine
linke Hand, fragt, bist du Freddo Sohn des Carl?
Ja ich bin es antwortet Freddo, endlich bist du da,
Sohn des Ihlas. Ich werde mit euch gehen, selbst bis
zum Ende der Welt. Noppus kommt hinzu, wir
brauchen Vorräte und Wasser. Freddo antwortet, hier
werden wir nichts bekommen, der Großteil des Rates
von Assmer steht zu Sartus und seinen bösen Teufeln.

Die wenigen Gerechten wurden zu langen Strafen im Turm verurteilt. Viele haben Angst um ihr Leben und ihre Stellung bei Sartus und seiner Mordbande.
Aber die Fische und das klare Wasser vom Neker werden Nahrung für uns sein.

Ein alter grauhaariger Mann mit hellen Augen nähert sich Eldor und seinen Freunden deren Väter einst Freunde seines Vaters waren. Geht nach Goola sucht Lona die Tochter von Xero und seiner Frau Liann, sie wird mit der Streitaxt helfen eure Feinde endlich zu vernichten. Ich habe erkannt. Der Tag der Erneuerung den ich mit all meiner Kraft erleben wollte, ist nun da. Es ist mir persönlich eine Freude sehen zu dürfen, dass der Tag aller Tage nahe ist.
Leider bin ich zum kämpfen zu alt, doch nicht zum helfen. Seid treu und wachsam, denn der Gegner ist übermächtig und stark so wie alle, die mit Gewalt und Unterdrückung von Menschen nach Macht und Reichtum streben.
Ich bin ein alter Mann aber voller Stolz auf euch, die für uns und Bottenga bereit sind im Kampf gegen Sarturs Diktat ihr Leben zu geben.

Eine Abordnung von Sartus, unter Führung von Bull erreicht Laar um Waffen bei Tull dem Schmied zu holen. Tull hat viele Tage und Nächte gearbeitet um dem Befehl des Sartus nach zu kommen.
Schwerter und Speere in Hülle und Fülle.
Bull der Anführer prüft diese auf Tauglichkeit.
Sehr zufrieden verlässt er Laar. Ein leichtes Lächeln von Tull begleitet ihn.
 Mit vollbeladenen Wagen kehrt er zurück zur Burg Allfrei. Schwerter und Speere glänzen im Licht der Sonne. Immer wieder wird auf der Burg Allfrei geprüft ob damit ein Krieg gegen das Nordland erfolgreich geführt werden kann. Keiner bemerkt, dass man die so toll geschliffenen Schwerter und Speere nur kurzfristig zu gebrauchen kann, jedoch für einen langen Krieg nicht tauglich sind. Der Kern dieser Waffen ist hart und bricht nach einiger Zeit. Sartus ist nun voller Stolz, fühlt sich einmal mehr als Herrscher über seine Welt. Er befiehlt, dass alles ins Lager verbracht wird bis zum Tag der Entscheidung. Hoch erhobenen Hauptes verschwindet er in seinen Gemächern. Er sieht sich bereits als den wichtigsten und stärksten Herrscher den die Weltgeschichte je hervor gebracht hat. Ich bin Sartus der Große. ICH.

Nur, sein Sohn Pern ist nun der Meinung, dass sein Vater größenwahnsinnig geworden ist was er aber für sich behält. Denn er hat erkannt, dass der Wille seines Vaters irgendwann ins Verderben führen wird.

Am Tag der Waffenübergabe an Bull, schickt Tull der Schmied seinen Helfer Hermes in das Nordland um diese vor dem Angriff des Sartus zu warnen. Hermes ist guter Reiter von schnellen Pferden. Diese erhielt Tull vor einigen Jahren für Schmiedearbeiten, diese dann im Felsenland auf einer Weide die keiner kennt versteckte. Metin einst von Sarturs Männern fast zu Tode gefoltert, danach von Geela gesund gepflegt, ist der Wächter und Pfleger von Tulls Pferdeherde. Weiterhin wird Torr der Sohn von Larx auf die Suche geschickt um Eldor und seinen Freunden diese Nachricht zu überbringen. Torr erreicht nach wenigen Tagen Eldor und berichtet von der neuen Sachlage. Er verschweigt nicht, dass Hermes eine viel schwerere und gefahrenvollere Aufgabe hat. Aber Hermes ist schnell, sowie ein hervorragender Reiter von Tulls ausdauernden und schnellen Nordland Pferden.

Einige Tage später erreich Hermes die Stadt Ambur die auch die Perle des Nordens genannt wird.
Er findet Uve und Orst und übergibt das Schreiben von Tull. Danach legt er sich nieder und schläft etwa dreißig Stunden am Stück.
Sofort werden Maßnahmen ergriffen um Sartus Angriff ab zu wehren. Kriegsgeneral Kev van Keeg erteilt sofort Befehle an seine Soldaten um Ambur so zu sichern, dass einen Angriff des Sartus abgewehrt werden kann. Jacobus Der Torwächter übernimmt die Aufgabe das Tor in die Stadt abzusichern und zu verteidigen.

 Soll er nur kommen, wir werden ihn freundlich begrüßen und ihm eine Lehre erteilen. Wir erwarten ihn mit aller Freude und wollen ihm zeigen, dass Ambur jeden Gegner abwehren und besiegen kann.
In *alten Schriften* ist noch heute zu lesen, dass man beschlossen hat, Sarturs Kriegshorde vor dem erreichen, der Amburger Stadttore empfindlich zu bekämpfen und Unruhe in seiner Mörderbande entstehen zu lassen!
Sofort werden einhundert Bogenschützen auf ihren schnellen Nordland Pferden verschickt um Sartus

aufzuhalten oder den Weg nach Ambur für den Aggressor beschwerlich zu machen. Wenn er ankommt, muss seinen Kriegern die Lust am Kampf erheblich verdorben worden sein. Denn wer müde ist zu kämpfen gibt schnell auf. So soll es sein!

Niedergeschrieben für die Nachkommen von Ambur!

Eldor, Noppus, Geres und Freddo erreichen nach anstrengenden Tagen das Dorf Goola. Alle Bewohner nicken ihnen freundlich zu. Ganz anders als es in Assmer der Fall war. Ein etwas älterer Mann kommt ihnen entgegen und fragt weshalb sie nach Goola kamen. Eldor beantwortet freundlich seine Frage. Wir suchen unsere Freundin Lona, solltest du sie kennen würden wir uns alle freuen. Kommt mit sagt der grauhaarige, nehmt euch aber in acht sie ist etwas seltsam. Sie ist voller Unruhe, spricht von einem der kommen wird. Vom König der Bottenga frei macht. Aber wann dieser kommt sagt sie leider nicht.

Gehöft von Lona

Am Gehöft der Lona angekommen sehen sie, wie Lona dicke Holzstücke spaltet. Nein sie tut es nicht auf die herkömmliche Art sondern sie wirft ihre Axt mit großer Wucht auf die etwa armlangen zugesägten Stücke. Genau mittig gespalten, fallen diese zu Boden. Sie macht das immer und immer wieder! Warum? Ahnt sie was nun sein wird? Keiner weiß es.

Lonas Streitaxt

Als sie die Ankömmlinge sieht ruft sie halt was wollt ihr. Bleibt fern denn sonst mache ich aus euren Köpfen zwei Teile.
Eldor tritt vor und sagt: „ Komm her zu mir Lona und sehe" er zeigt ihr das Mal auf der linken Hand worauf Lona antwortet. Endlich bist du da. Endlich ist der Tag gekommen auf den ich so lange gewartet habe. Endlich!
Sie, befestigt mit Lederriemen, auf jeder Schulter eine handlich gut ausgewogene Streitaxt und sagt nur „Gehen wir" es ist genug geredet lassen wir nun Taten folgen. Die Zeit des Wartens ist vorbei!

Verwirrt blickt der Mann der sie zu Lona führte auf das Geschehen erkennt aber, dass er Zeuge eines Vorganges wurde, über das in Bottenga gesprochen werden wird. Voller Stolz, dass er dies erleben durfte, nimmt er die Freunde mit in sein Haus, das am Rande von Goola erbaut wurde. Er bewirtet alle mit geräuchertem Fisch, Speck, Brot und gekühltem frischem Wasser, ein Schluck Bottenga Wein bleibt allen verwehrt, da dieser an Sartus abgeführt werden muss. Es wird Zeit dies zu verändern!

Zum Abschied sagt er voller Hoffnung auf eine neue Zeit, in diesem Haus an diesem Tisch wird immer und für alle Zeiten ein Platz für euch sein! Immer und immer wieder, sollte es auch mein Leben kosten.

Wohnung des alten Mannes!

Tut das was ihr tun müsst, habt Erfolg ich wünsche es euch von Herzen. Seid aber gerecht zu denen die niemals in ihrem Leben gerecht waren. Denn es sind Verlorene, die niemals Freundschaft und Zuneigung erfahren durften!

Alle schweigen, irgendwie beschämt, Noppus sagt nun klar und deutlich,

Ja wir alle haben geschwiegen, Ja wir alle haben nichts getan, Ja wir haben hingenommen, dass wir und alle Menschen von Bottenga zu Sklaven wurden, Ja wir haben zugelassen, dass viele unseres Volkes Verräter wurden aus Angst um ihr Leben. Es ist an der Zeit dies zu ändern

Danach führt der alte Mann sie in ein Nebengebäude, zeigt ihnen einen Wagen und einige Pferde. Dies soll nun euer Eigentum sein und euch dem Ziel der Freiheit für unser Volk und für Bottenga hilfreich sein. Es wird euren schweren Weg erleichtern.
Es ist wenig das ich euch geben kann, aber sonst habe ich nichts. Für Bottenga und für euch!

Mein Sohn Raul der versteht mit Pferd und Wagen umzugehen, soll euer Wagenlenker sein. Außerdem hat er von mir gelernt mit einem Schwert, so wie ich es damals konnte zu kämpfen. Zum Dank zeigt ihm Eldor das Mal auf seiner Hand das den Alten veranlasst sich vor ihm nieder zu knien. Erhebe dich alter Mann sagt dieser ich bin nur der Sohn eines Schmieds, lächelt ihm jedoch herzlich und voller Dank zu.
Eldor ist tief beeindruckt über Hilfe die er im Land erfährt. Ja seine Entscheidung, Bottenga von der Bande des Sartus zu befreien war richtig und gut

 Raul spannt die Pferde ein, winkt seinem Vater zu ruft ein lautes Hooo auf nach Galdann! Nach kurzer Zeit verlassen sie Goola und verschwinden in den Weiten des Neker Tales.
Ihr Weg führt entlang des Nekers durch Wälder, fruchtbare Felder und Äcker auf denen Bewohner des Bottenga Landes unter Aufsicht von Antreibern des Sartus, ihre schweißtreibende Arbeit vollbringen.
Die gesamte Ernte wird, bis auf wenige Erträge, von Sartur und seiner Mordbande beansprucht.

Einige der Aufseher scheuen nicht davor zurück, auf die arbeitenden, mit ihren Peitschen ein zu schlagen. Die Hoffnung auf ein Leben in Würde wird dadurch genommen. Willenlos ergeben sich alle der Willkür des Despoten!

Eldor sagt mit deutlicher Stimme:

„Es ist an der Zeit die Sklaverei des Sartus zu beenden, sollte dies auch unser Leben kosten. Für Freiheit, Gerechtigkeit und Gemeinschaftssinn, für die Würde aller Menschen von Bottenga lohnt sich der Kampf gegen die Unterdrücker."

Einen Tag später stehen sie mit dem Wagenlenker Raul vor den verschlossenen Toren der Hauptstadt Galdann. Einige schwer bewaffnete Tor Wächter kommen hinzu. Bei einem von ihnen ist auf seinem Hemd der Schriftzug „Heil Sartus unser Herr" und ein goldener Stern zu sehen. Er spricht mit befehls - gewohnter Stimme: Ich, Linus bin Torwächter von Galdann. Weshalb und warum wollt ihr in die Stadt des Sartus unseres Herrn und Gott. Sagt es mir!

Wiederum verneigt sich Eldor und spricht. Ich bin der Sohn von Tull dem Schmied aus Laar der hier die Kunst der Schmuck Herstellung erlernen will, meine Freunde suchen Arbeit um Sartus unserem König Wohlgefallen zu erweisen. Die Wächter sind zufrieden und öffnen das Tor zur Stadt. Eldor flüstert einige Worte an seine Freunde, die dem mit einem Nicken zustimmen!

Habt ihr bemerkt, dass wenn einige Macht verspüren, die von einer größeren Macht vergeben wird, diese nun benutzen um sich groß und mächtig zu fühlen.

Kurz danach trennt er sich von seinen tollen Freunden, so dass jeder die Möglichkeit hat Silber Geld für ihr weiteres Vorgehen zu verdienen.
Da im Moment ein Markt in Galdann stattfindet begibt sich Noppus dort hin, mit dem Gedanken einen größeren Happen zu essen. Er schlendert durch die Straßen von Galdann, sieht einen Stand der mit folgenden Worten wirbt: „Wer mit dem Einsatz eines Silberstückes unseren Faustkämpfer Albon besiegt erhält fünf Silberstücke als Siegprämie"

Noppus meldet sich zum Faustkampf an und gibt dafür sein letztes verbliebenes Geldstück.
Viele Menschen harren aus um diesen Kampf mit erleben zu können.
Wetten werden abgeschlossen, nur wenige tippen auf Noppus als Sieger. Der jedoch sieht dem Kampf gelassen entgegen! Irgendwie hat Noppus das Gefühl, seinen Gegner nur mit List besiegen zu können! Schnelligkeit und das Erkennen von Schwächen Albons ist seiner Meinung, der Weg zum Sieg!

Albon tritt heraus, Sein muskulöser mit Öl eingeriebener Körper, glänzt im Kampfesrund. Als er seinen Gegner sieht lacht er siegesgewiss. Doch der überlegt sich, dass dieser Bulle nur mit dem Suchen seiner Schwächen besiegt werden kann. Zuschauer drängen sich, um einen Platz am Rand des Kampfplatzes der mit Seilen abgesperrt ist.
Der Kampf beginnt, sofort wehrt Noppus einen gewaltigen Schlag seines Gegners ab und schlägt in das Gesicht von Albon. Der Rückschlag ist fürchterlich, Noppus wankt zurück. Siegessicher setzt Albon nach erhält jedoch einen harten Schlag auf seine Leber. Schwer atmend zieht er sich zurück.
Fast eine Stunde dauert dieser Kampf schon an.

Mühsam, aus vielen Wunden blutend, schlagen sie auf sich ein. Doch als Noppus mit letzter Kraft, zwei Schläge auf die Leber seines Gegners setzt, fällt dieser kraftlos zu Boden.
Die Zuschauer jubeln ihm zu, Er kassiert seinen Gewinn wischt Blut und Schweiß aus dem Gesicht und sieht wie man Albon, jener der dem Stand Betreiber sehr viel Gewinne sowie Anerkennung eingebracht hat, wie nutzloses Vieh auf den Weg vor der Box Arena in den Staub der Straße wirft. Noppus hilf seinem ehemaligen Gegner und sagt: Komm mit mir Albon, denn deine ehemaligen Freunde sind es nicht wert, Freunde genannt zu werden. Es sind Geier die dich und deine Stärke zur eigenen Bereicherung gebraucht haben! Ich habe nichts sagt Albon. Zwölf Silberstücke, die ich bisher mit meinen Kämpfen gewonnen habe wurden mir unterschlagen. Kein Problem sagt Noppus, wir gehen hin und bitten freundlich aber nachdrücklich um deinen Lohn!

Der Betreiber des Box Standes zählt die heutigen Eintrittsgelder, als beide plötzlich vor ihm stehen und sehr freundlich Albons Prämien erbitten. Sofort ruft dieser seine Helfer herbei. Noch einmal bittet Noppus ihn das Geld das er Albons schuldig ist zu zahlen!

Er lacht, kein Sieg kein Geld!
Ein leichter Schlag von Noppus der ihn fast zu Boden wirft und das Erkennen, dass seine Helfer durch einige Hiebe von Albon jammernd am Boden liegen, erleichtert seine Entscheidung, Albon den Lohn zu bezahlen. Lachend begeben sich beide zu einem Marktstand und verzehren je eine sehr große Portion Wildbraten mit gekochtem Wurzelgemüse. Mit einer Karaffe Bottenga Wein begießen sie ihre neue Freundschaft, die ein Leben lang bestehen wird.

Eldor ist auf der Suche nach dem Schmuck Hersteller von Galdann. Nach einiger Zeit findet er eine kleine Werkstatt und betritt diese. Er fragt den Meister Willem ob er, der Sohn des Schmieds Tull dieses Handwerk erlernen darf. Willem stimmt zu, gibt ihm die Aufgabe als erstes das Zeichen von Sartus herzustellen. Eldor sagt, das ist kein Problem, ich habe beim Vater das Zeichen schon etliche Male geschmiedet. Willem wird nun hellhörig und fragt.
Was willst du sonst anfertigen?
Schmiedekunst und Schmuckherstellung sind völlig unterschiedliche handwerkliche Fertigkeiten.

Klar, sagt Eldor aber ich habe bei meinem Vater gelernt mit Draht, wunderschöne Schmuckstücke anzufertigen. Einst getragen von den Frauen unseres freien Volkes. Gold und Silberdraht hatten wir leider nicht zur Verfügung, da dieser an Sartus ab gegeben werden musste. Nun gut dann tu es. Nach einiger Zeit zeigt er dem Meister ein tolles Geschmeide. Willem ist begeistert und sagt „Zeige es mir" als Eldor seine zweite Hand etwas zurückzieht und sein Mal auf der linken Hand erkennen lässt, ist Willem innerlich ergriffen und sagt voll Freude nur wenige Worte:

„Endlich bist du da" Jener der Freiheit und Frieden bringt und uns vom Joch des Sartus und seiner unersättlichen Bande befreit. Du ist da!

Der Helfer von Willemm tritt hinzu und fragt, was ist geschehen. Wirst du bedroht? Nein Arem „er ist da" Wer ist da antwortet Arem, es gibt keinen auf den wir gewartet haben. Außer auf einen. Eldor fragt nach seinem Namen. Ich bin Arem Sohn des Speerwerfers Geritas aber wer bist du? Ich bin Eldor Sohn von Tull dem Schmied aus Laar. Und was willst du? antwortet Arem. Ich will dich holen, zeigt ihm das Mal auf seiner Hand worauf Arem sofort Speere aus einer versteckten Kiste holt und sagt, es ist nun soweit. Der Tag auf den ich sehr, sehr lange gewartet habe ist nun endlich da, ich Arem werde bis zu meinem Tode treu an deiner Seite stehen! Fast den Tränen nahe umarmt Arem, den eigentlichen den König von Bottenga. Als Arem vor Eldor niederkniet, sagt er, Erhebe dich Arem denn ich bin nicht Sartus vor dem man sich in den Staub werfen muss. Ich bin Eldor, ein Mensch wie du ein Mensch bist und Gerechtigkeit will. Lasse uns gemeinsam, dafür kämpfen, sollte es auch das Leben und unsere Gesundheit kosten. Für ein freies und einiges Bottenga.

Lana, Freddo und Geres blieben nicht in Galdann. Sie wollen zur Burg Allfrei. Zu der Burg von der ihre Väter berichtet haben. Sie bedeutet Freiheit, leider ist seit der Übernahme von Sartus „Freiheit" nur noch ein Wort aus alten Zeiten. Reges Treiben in und um die Burg deutet darauf hin, dass der Zeitpunkt gekommen ist, an dem Sartus das Nordland bekriegen will. Waffen, geschmiedet von Tull werden an die Krieger vergeben. Proviant wird auf Wägen verladen und Pferde angespannt. Am späten Nachmittag tritt Sartus aus der Burg hervor und befiehlt den Marsch ins Nordland. Er lacht siegesgewiss.

Dann zieht er mit seinem Heer in Richtung Norden. In der Burg wurden nur einige nicht mehr kampfähige Männer zurück gelassen. Diese begeben sich mit einigen Karaffen Wein in ihr Quartier. Nach etwa einer Stunde grölen sie, alte Kampflieder und nach einer weiteren Stunde schlafen sie völlig betrunken ein.

Freddo und Lana beschließen, dass nun die beste Möglichkeit wäre, Leandra und die anderen Gefangenen zu befreien. Sofort begeben sie sich zum Turm ohne Rückkehr. Aus einem Nebenhaus tritt ein kleiner Mann hervor, der mit fistelnder Stimme ihnen das weitergehen verbietet. Freddo tritt zu ihm, sagt, du bist also der Verräter Gurd, der Lakai von Sartus, der Verbrecher der half unser Land ins Unglück zu stürzen, der sein eigenes Volk verraten hat. Geh mir aus den Augen Verräter.
Als Lana eine Streitaxt gegen ihn erhebt sinkt Gurd jammernd zu Boden und bittet um Vergebung.
Jedoch funkeln seine Augen verräterisch. Sie fesseln ihn an den Pfahl, an dem schon viele aus ihrem Volk festgebunden und aus gepeitscht wurden.

Freddo schlägt mit seinem riesigen Hammer, in kurzer Zeit ein großes Loch in die Außenwand des Turms so, dass alle sich darin befindende Angehörige ihres Landes ins Freie treten können. Einige schließen vom Tageslicht geblendet die Augen.
Leandra tritt aus dem Verlies und sagt nur ein Wort. „Endlich" Freddo zwingt Gurd durch die Öffnung des Turmes und mauert diese in kurzer Zeit wieder zu. Hasserfüllt schreit Gurd, er wird euch töten, alle! Soll er nur kommen antwortet Freddo, Es wird mir eine Ehre sein, ihn meinen Hammer spüren zu lassen. Gurd schreit weiterhin Worte die man an dieser Stelle nicht niederschreiben kann.
Gurd wird für alles, was er tat zahlen müssen! Seine Rechnung wird eine große sein!

Turm ohne Rückkehr

Viele ehemalige Kameraden von Lana und Freddo
wie zum Beispiel: Pit, Lunz, Heiner, Erna und Helma
fallen ihren Befreiern in die Arme. Einige mit Tränen
in den Augen.
Freddo der einige der befreiten, aus ehemaligen
Zeiten kennt ist bewegt und sagt:

Er ist gekommen um uns und Bottenga zu befreien!

Lunz meldet sich und sagt,
Guldor ist noch im Turm, er ist gestern gestorben.
Nehmt ihn mit, erfüllt seinen letzten Wunsch! Er will
am Neker begraben werden!

Nach der Befreiung von Leandra und den ehemaligen
Freunden kehren sie nach Galdann zurück um Eldor
und Noppus zu finden, was kein Problem war! Alle
Neu Ankömmlinge sehen das Mal auf Eldors Hand
und schwören ihm die Treue. Auch Albon der
Faustkämpfer und Freund von Noppus, freut sich nun
mit dabei zu sein. Sie begeben sich zum Ufer des
Nekers, begraben einen treuen Freund von Ihlas.
Danach setzen sich nieder und schmieden Pläne wie

sie Sartus nach seinem Feldzug gegen das Nordland besiegen können.

Leandra ergreift das Wort, lächelt Eldor zu, in diesem Moment entsteht zwischen den beiden eine Vertrautheit, die Lana zu einem späteren Zeitpunkt als Liebe auf den ersten Blick bezeichnet. Leandra erzählt, dass in alten Schriften folgendes zu lesen war:

„Wenn jener mit dem Mal, die Höhle der singenden Geister betritt, öffnet sich das Heilige Tor und die Freiheit ist für Bottenga und für seine Bürger nah.

Nach einer kurzen Besprechung, essen sie etwas von den Vorräten und trinken klares Wasser vom Neker. Entgegen aller bisherigen Erkenntnissen hat Noppus wenig Hunger, das kauen fällt ihm nach dem Kampf gegen Albon sehr, sehr schwer.
Danach machen sich alle auf den beschwerlichen Weg nach Laar im Felsenland. Eldor freut sich Tull und Geela wieder sehen zu können. Manchmal erzählen sie sich gegenseitig Geschichten aus ihren oft wilden Jugendzeiten was zu manchem Lachen beiträgt.

Rast am Neker.

Allen ist klar, dass der Weg zur Freiheit nicht leicht sein wird. Trotz der Sorgen ist jeder bereit alles in seiner Macht stehende zu tun um ihrem Land Freiheit und Frieden zurück zu geben! Denn es ist nun an der Zeit, um Bottenga neues Leben einzuhauchen!

Angriff auf Ambur

Viele Tage später erreicht Sartus mit wehenden Fahnen die seine Kriegskunst würdigen sollen, mit seinen bezahlten Söldnern das Nordland. Bei einigen Scharmützeln mit den Einheimischen verliert Sartus einige Krieger aus seiner Horde. Von Pfeilen getroffen fallen sie schwer verletzt oder sogar tot zu Boden. Voller Hass befiehlt er einer Hundertschaft die Angreifer zu verfolgen und zu töten. Da seine Mannen absolut keine Ortskenntnisse besitzen, werden sie von den Nordländischen Kämpfern in ein Moor gelockt und fast völlig vernichtet. Viele werden von Pfeilen getroffen, andere versinken auf ewig im Moor!

Ein einziger kehrt voller Glück, noch am Leben zu sein, zu Sartus zurück, berichtet von der Niederlage was den Hass von Sartus ins unendliche steigert! Er schlägt dem Rückkehrer ins Gesicht und wendet sich ab. Ein leises Murren geht durch die Reihen seiner Krieger, solch eine Behandlung hätte keiner niemals erwartet. Sie die ihr Leben und ihre Gesundheit für den Kriegserfolg des Sartus einsetzen wäre etwas Respekt, von diesem zu erwarteten gewesen."Nein"

In Gedanken zerfällt die Bereitschaft von den Kriegern zum Kampf immer mehr. Sogar Pern wendet sich kopfschüttelnd ab. Sartus bemerkt sein falsches Verhalten, aber es ist zu spät für ein Umdenken. Er wendet sich ab und verschwindet in seinem bestens mit allen Annehmlichkeiten ausgestattetem Zelt.
In der Nacht setzen sich einige Männer ab so, dass die Scharen von Sartus, um weitere fünfzig Kämpfer vermindert werden. Sartus schwört, dass er nach dem Sieg gegen das Nordland alle suchen und töten wird. Seine Augen funkeln voller Wahnsinn und Hass. In späteren Zeiten wird dies auch bei anderen Despoten, die Weltenherrscher und Götter sein wollen, klar erkennbar.

Plötzlich um Mitternacht lautes trommeln und Schreie die Sartus und seinem Heer den Schlaf rauben! Jene die sich auf die Suche nach der Herkunft dieser Geräusche machen, werden nie mehr gesehen! Selbst Pern wird nachdenklich, fragt sich ob dieser Krieg gewonnen werden kann. Er sagt aber nichts, denn er kennt den Zorn seines Vaters. Am nächsten Morgen ziehen sie übernächtigt und schlecht gelaunt weiter. Einige Wagen die mit Proviant beladen waren fehlen,

die Laune von den bezahlten Söldnern aus der Kampfmannschaft verbessert sich nicht. Bull, Hauptmann dieser Truppe versucht sie mit einigen Karaffen Wein aufzuheitern, was jedoch ihre Aufmerksamkeit weiter verringert. Für die nordländischen Kämpfer ist es nun ein Leichtes mit ihren Speeren und Pfeilen ein starkes Durcheinander in der Truppe entstehen zu lassen!
Sartus und sein Heer scheinen schon vor dem Haupt angriff geschlagen zu sein. Das Selbstbewusstsein seiner Krieger, die zahlreiche Verluste hinnehmen mussten sinkt mit jeder Stunde mehr.
Sartus bemerkt nichts, er ist immer noch der Meinung einer der größten Kriegsherren zu sein, den die Welt je hervorgebracht hat!

Ambur (Perle des Nordlandes)

Nach einigen Stunden Fußmarsch sehen sie in der Ferne die Stadtmauern von Ambur. Sartur spricht nun zu seinen erschöpften Männern. Seht dort ist die Hauptstadt, von meinem neuen Reich! Wir werden hier lagern um uns für den Kampf zu erholen. Legt euch nieder und schlaft. Träumt von der Herrschaft über das Nordland. Sartus glaubt, schon jetzt am Ziel zu sein. Pern sagt zu seinem Vater, dieser Lagerplatz ist falsch, er befindet sich in einer Senke, das ist sehr gefährlich. Da aber Sartus keine Wiederede duldet, ist seine Antwort: „Dein Geschwätz ist mir zu dumm" Ich bin Sartus der keine Fehler macht. Pern wendet sich ab, legt sich nieder und schläft ein. Aber der Sohn des wahnsinnigen Eroberers sollte mit seiner Einschätzung der momentanen Lage recht behalten.

Oberhalb der Senke formieren sich etwa fünfzig Bogenschützen, die vom Lagerplatz des Heeres nicht bemerkt werden. Völlig geräuschlos verteilen sie sich, beginnen Pfeile in rasender Schnelligkeit auf ihre Feinde zu schießen und ziehen sich so schnell zurück wie sie kamen. Eine Gegenwehr ist für Sarturs Krieger absolut unmöglich. Wieder beklagen die Männer, des Kriegsherren viele Tote und

Verwundete. Auf ihren schnellen Nordlandpferden verschwinden die erfolgreichen Bogenschützen in der Weite der Landschaft. Als sich Pern seinem Vater nähert spricht dieser voller Zorn. Sage nichts, kein Wort, denn sonst erschlage ich dich mit einem Knüppel. Selbst Bull der um Worte nicht verlegen ist, hält sich zurück. Einige sehr erfahrene Kämpfer erkennen nun, dass Sartus Krieg gegen die Nord Männer nicht oder nur unter vielen eigenen Verlusten zu gewinnen ist. Mancher denkt sich, besser wäre wenn ich nicht dabei sein müsste. Alle Kämpfer machen sich einige Sorgen, hier gesund und lebend davon zukommen.

Abmarsch, befiehlt Sartus seiner im Moment sehr nachdenklichen Kampftruppe Einige fügen sich mit ihren Schwertern blutende Wunden zu um Sartus nicht folgen zu müssen. Zum Glück bemerkt es niemand, denn dies würde den sicheren Tod derer, die sich selbst verstümmelt haben, bedeuten.
Nach einiger Zeit stehen sie vor dem offenen Tor nach Ambur! Bull wittert eine Falle, jedoch Sartus schickt ihn mit etwa einhundert Kämpfern voraus um Unheil und Verwirrung über die Bewohner der

nordischen Hauptstadt zu bringen. Bull ahnt bereits jetzt, dass diese Strategie zum Tode führen wird. Trotz aller Sorgen greifen er und seine sehr gut ausgebildete Mannschaft mutig an.
Als sich alle Angreifer hinter der Stadtmauer von Ambur befinden, wird der Eingang zur Stadt mit einem gewaltigen Tor aus Eisen geschlossen. Auf der obersten Mauer stehende Bogenschützen vernichten Bull, s Mannschaft in kurzer Zeit. Speerwerfer die aus Verstecken hervortreten beenden mit gezielten Würfen auf Sartus Krieger den blutigen Kampf.
Bull der wie durch ein Wunder von keinem Pfeil und keinem Speer getroffen wird, trifft mit dem Schwert auf Orst. Nach vielen gegenseitigen gewaltigen Hieben zerbricht das glänzende Schwert von Bull in viele Teile. Der letzte Schwertschlag von Orst lässt ihn sterbend zu Boden fallen. Bull flüstert leise aber verständlich:

„Ich verfluche dich Sartus bis in Ewigkeit!"

Bull dessen Leben immer nur aus Kampf für andere Interessen war ist tot. Orst verneigt sich vor seinem Gegner und sagt, warum fallen solche großen Kämpfer immer auf die falschen Herren herein.
Keiner kann die Frage beantworten. Keiner weiß es.
Kev van Keeg schlägt Jacobus freundschaftlich auf die Schulter, sagt: „gut gemacht Jacco, gut gemacht"
Sofort wird das eiserne Stadttor wieder geöffnet. Fünfzig Bogenschützen formieren sich, schießen in rasender Folge Pfeile auf die Angreifer und begeben sich schnell hinter das eiserne Tor das dann wieder geschlossen wird! Sarturs Truppe schrumpft merklich zusammen. Das Wimmern und Stöhnen einiger Schwerverwundeter hält lange an. Manche versuchen kriechend zu entkommen um zu überleben.

Sartus neuer Befehl lautet, wir ziehen uns etwas zurück, belagern das Tor zur Stadt und hungern sie aus. Irgendwie hat er vergessen, dass er und seine Mannen nur noch Proviant für drei Tage besitzen. Pern und alle anderen zweifeln immer mehr, dass Sartus in seinem Hass die Lage richtig einschätzt. Ab und zu werden einige durch Pfeile verwundet, sind dadurch nicht mehr fähig, sich am sogenannten Schlusskampf gegen die Amburger beteiligen zu können. Einige versuchen unbemerkt von ihrem Anführer, von einem Pfeil getroffen zu werden um einen weiteren Kampf gegen die Amburger zu vermeiden.

Als nach zwei Tagen ihre Vorräte zur Neige gehen beschließt Sartus einen Angriff auf das eiserne Tor von Ambur.
Wenige konnten dieses durchbrechen, selbst die in damaliger Zeit als unbesiegbar geltenden Juventer aus Itall scheiterten mit ihren Angriffen auf das eiserne Tor von Ambur. Felix setze mit seiner Heldentat dem Kampf ein würdiges und gerechtes Ende. Ein Sieg der in die Helden Geschichte von Ambur einging und noch heute, dort gefeiert wird.

Sartus ruft nach seinem Sohn, du Pern wirst den Angriff auf das eiserne Tor anführen. Ich selbst werde aus dem Hintergrund beobachten ob du es wert bist mein Sohn zu sein. Pern antwortet, ich habe nun erkannt Vater, dass du ein Feigling bist, ein Feigling warst und immer ein Feigling sein wirst. Niemals warst du ein Vater sondern ein Mensch der andere für seinen Erfolg voran gehen ließ. Sollte ich überleben, verlasse ich dich. Sollte ich aber sterben, sterbe ich

mit dem Gedanken einen Feigling als Vater gehabt zu haben.
Ich verachte dich und deine Taten, für immer und bis in ewige Zeiten. Du bist ein unwichtiges Nichts.
Ich schäme mich für dich, so wie ich mich damals in Laar als Sieger des Box Wettbewerbes geschämt habe. Andere Faustkämpfer waren besser als ich, sie wurden betrogen, nur weil dein Ego nicht zu gelassen hat einzusehen, dass der feige Sartus nur ein Mensch ist und nicht verlieren kann! Am Ende wirst du der Verlierer sein! Dein Glück war, dass Bottenga, das du mit Gewalt unterworfen hast keine Armee und keine wagemutigen Kämpfer hatte, ihnen war der Friede wichtiger im Land, als Krieg, Tod und Leid.

Er dreht sich um, marschiert vor den Kriegern auf das eiserne Tor der Amburger zu. Plötzlich öffnet sich das Tor, Männer treten ihnen mit erhobenem Schwert entgegen. Ein Kampf Mann gegen Mann. Pern kämpft mutig und stolz, Will dem Vater zeigen was es bedeutet Mut zu haben. Hoch bezahlte Söldner des Sartus weichen voller Angst um Gesundheit und Leben zurück, lassen Pern allein. Sein Kampf gegen die Krieger von Ambur ist ein gewaltiger Kampf, als sein Schwert bricht, wird er tödlich getroffen und sinkt langsam mit einem Lächeln auf den Lippen zu Boden. Pern der Sohn des Sartus stirbt in dem Wissen, dass er kein Feigling wie sein Vater war.

Sartus sagt, er hat es nicht geschafft zu siegen, Er ist nicht seines Vaters Sohn. Keine Trauer um den Verlust seines Sohnes und keine Anerkennung über seinen Mut. Die Freunde von Pern verlassen das Lager auf dem schnellsten Weg. Auch sie haben erkannt, dass Sartus ein selbstverliebter Versager ist, der nur mit ihrer Hilfe, sich zum Helden machen wollte. Schnell verlassen sie die Kampftruppe und verschwinden in der Umgebung von Ambur!

Sartus selbst und einige seiner Krieger fliehen. Er erhebt die Faust und schreit „Verrat Verrat" Die so toll im Licht glänzenden Waffen sind schlecht. Ich werde Tull und seine Sippe vernichten und Laar dem Erdboden gleich machen. Alles wird brennen, jeder wird tot sein! Kein Wort und kein Bedauern über den Tod des Sohnes kommt über seine Lippen nur ein hasserfülltes Geschrei eines verdammten und selbstherrlichen Mannes der scheinbar am Ende seines Weges ankam.

Uve hört den Schwur, schickt mit Charly seinen besten Kämpfer, der einst auf der linken Außenseite von Amburgs Kampfmannschaft, sehr viele Heldentaten vollbrachte, nach Laar um Tull und alle anderen zu warnen! Da dieser einst in Laar geboren und dort aufgewachsen ist, alle geheimen Wege durch das Felsen Land kennt, wird einige Tage früher als Sartus und seine den Kampf überlebenden Krieger, Laar erreichen. Charly vermeidet alle Dörfer und Hütten in denen sich Menschen befinden. Überall könnten Spione des Sartus lauern. Als Proviant genügt ihm zum Überleben getrockneter Fisch aus seiner Stadt Ambur und sauberes Wasser vom Neker. Manchmal eine Frucht die er von Bäumen pflückt. Nachts ruht Charly einige Stunden, um für sein Vorhaben neue Kraft zu sammeln. Er freut sich sehr alte Freunde und Bekannte nach vielen Jahren seines Abschieds aus Laar wieder zu sehen. Diese Vorfreude treibt ihn an schnellstens sein Ziel zu erreichen.

Laar

Rückkehr nach Laar.

Eldor und seine Freunde umgehen bewusst Assmer und Goola um dort keine Aufmerksamkeit bei den Bewohnern zu erregen. Überall lauern Vasallen des Sartus, welche den Plänen der Kämpfer für Recht und Freiheit, Schaden zufügen würden. Fast kein Wort wird gesprochen, die einzigen Laute welche zu hören sind, ist das knurren der Mägen von Noppus und Albon. Manchmal fangen sie einige Nekerfische mit zugespitzen Weidenruten. Eine Fangtechnik die selbst Kinder von Bottenga im frühen Alter erlernen müssen um bei Not und Gefahr zu überleben.
Diese werden wegen der Rauchentwicklung auf sehr kleinem Feuer zu bereitet. Mitgeführter Speck rundet ihr Mahl ab. Da Noppus und Albon großen Hunger entwickeln, verzichten einige auf manche Scheibe Speck, jedoch in dem Wissen, dass die Fäuste der beiden viel Energie benötigen um sie später gegen die Feinde einsetzen zu können!
Kurz vor dem Erreichen des Felsenlandes, arbeitet auf einem nahe gelegenen Feld der ehemalige Faustkämpfe Neler, der schon viele Kämpfe mit der Faust gewann und hinter Hard in der Bestenliste von Laar verzeichnet ist.

Er erkennt Eldor und Noppus, lässt seine Hacke fallen, tritt herbei und bittet mit ihnen kommen zu dürfen. Leandra antwortet für alle anderen, ich kenne dich Neler, unsere Väter waren Freunde, damals in den alten Zeiten. Begleite uns, aber höre, dass es gefährlich ist mit uns zu gehen. Alles ist besser als mit der Hacke den Boden durchwühlen zu müssen antwortet Neler. Ich bin dabei.

Am nächsten Morgen erkennen sie im Nebel die Felsen die das Dorf Laar wie ein Schutzschild umgeben. Eldor freut sich Tull und Geela wieder zu sehen. Am späten Nachmittag erreichen sie Laar. Tull eilt ihnen entgegen, nimmt Eldor in die Arme und sagt. Kommt mit, Geela wird für alle ein gutes Essen bereiten. Als er Noppus und Albon anblickt sagt er, es reicht für alle, auch für euch beide. Diese nicken in dem Wissen heute gesättigt den Tisch zu verlassen. Dann berichtet er von dem Späher Chaly, der kurz vor ihnen, mit einer wichtigen Botschaft von Uve und Orst aus Ambur kam um sie zu warnen. Er fügt hinzu, dass Sartus und seine Kriegshorde vernichtend besiegt wurde. Pern und Bull sind nicht mehr am Leben.

Viele Kämpfer von Sartus sind tot, Verwundet oder auf der Flucht vor der Rache des vom Hass erfüllten Diktators, der sich immer noch als Gott und König fühlt.

Irgendwann erreicht Sartus mit seinen besiegten Horden „Assmer". Die meisten Bewohner jubeln ihm zu, im Glauben an den Sieg des Sartus über das Nordland. Gran und sein Sohn Jorg stehen etwas abseits ohne Fahnen und ohne Begeisterung.
Als sie den Schwur des Sartus und seinen Kämpfern hören, Laar dem Erdboden gleich zu machen, wenden sie sich ab und begeben sich auf den Weg um Laar zu warnen.
Schnell und auf ihnen bekannten Wegen erreichen sie Laar in wenigen Stunden und suchen nach Menschen denen sie einst begegnet sind. Jeder Unbekannte kann ein Zuträger von Sartus sein. Zu Neler der beide gut kennt, haben sie Vertrauen. Er führt sie zu Eldor.
Beide berichten, dass Sartus in Assmer mit wehenden Fahnen begrüßt wurde. Eldor und seine Freunde lachen, denn sie wissen von Charly, dass Sartus vor den Toren Amburgs fast vernichtet wurde.

Gran widerspricht und warnt mit Worten die später auch in der Geschichte von Bottenga zu lesen sein werden! Ein Zeugnis derer, für die „Freiheit und Gerechtigkeit mehr bedeuten als alle Güter dieser Welt!

Viele werden sich Sartus anschließen um uns zu vernichten. Alle die durch ihn zu Reichtum und Wohlstand kamen, werden ihm folgen. Es sind Verlorene die unser Volk verraten haben. Feinde! Wir sollten uns alle in den Felsen verstecken.

Leandra fügt hinzu, nur die Höhle wird uns helfen. Sie ist nicht verdammt, nein sie wird uns und unser Volk retten. Eldor stimmt zu und sagt: benachrichtigt alle Bewohner von Laar. Wir wagen es. Alles andere bedeutet Verfolgung und Tod. Sartus und sein Hass ist unberechenbar geworden. Er dürstet nach Rache! Sammelt alle vorhandenen Vorräte. Verstaut sie in unseren Fellsäcken. Specksepp nehme unbedingt auch nicht geräucherte Fleischstücke mit. Was ihr nicht tragen könnt müsst ihr mit dem Gift des Pilzes bestreuen, der uns in geringen Mengen als

Abführmittel gedient hat, denn wir dürfen Sartus und seinen Männern, nicht einmal trockenes Brot als Proviant hinterlassen. Die Kunst, Fische mit Weidenruten zu fangen ist ihnen nicht bekannt, sie haben viele Jahre immer nur genommen, ließen sich von unseren Bauern und Fischern versorgen. Dies soll nun ein Nachteil für sie sein.
Wir sind wir und wollen zukünftig wieder, wir sein. Bottenga ist unsere Heimat und soll bald wieder unsere Heimat sein. Jeder Mensch ob aus nah oder fern, der mit uns in Frieden und Freiheit leben will ist willkommen!

 Selbst Sartus Helfer in Assmer sind nicht in der Lage seine gesamte Truppe zu versorgen.
Vernichtet Pflanzen die wir zur Heilung von Wunden verwendet haben. Vermischt die restlichen Pulver die uns bei kleineren Krankheiten wie Kopf, Magen oder Zahnschmerzen zur Linderung verhalfen mit zermahlenen Pilzen! Damit sie bei der Verwendung gerne an uns denken mögen. Grabt vor den Eingängen zu euren Hütten einige Löcher, steckt Speere mit der Spitze nach oben hinein und bedeckt sie mit Weidenruten und Gras! Wir wollen sie damit sehr

gebührend und auf das herzlichste empfangen! Da sie erst morgen zur Mittagszeit hier ankommen werden, bleibt uns noch genügend Zeit dies zu tun.
Sarturs Bande soll uns Laarer in guter Erinnerung behalten. Sie werden, so hoffe ich, erkennen, dass Zusammenhalt von Menschen wichtiger ist als das schärfste Schwert und der spitzeste Speer.

Alle arbeiten voller Zuversicht mit, können sich aber ein boshaftes grinsen nicht verkneifen bei dem Gedanken was einigen der Angreifer geschehen wird.

Flinn lässt einige geräucherte Fische zurück die er mit dem Pulver eines Pilzes einreibt, die wie von Eldor erwähnt, einige Probleme ergeben werden. Seppo auch Specksepp genannt, reibt einige Scheiben Speck mit Eselskraut ein die störrisch und aggressiv machen. Paul, ein zwölfjähriger Junge befestigt über der Eingangs Türe zu der Hütte seiner Eltern, geschickt einen mit stinkender Jauche gefüllten Eimer, der beim öffnen dieser Türe, sich auf den oder auf die Eintretenden entleert.
Trotz Sorge um das Dorf Laar und seine Bewohner lachen Eldor und seine Freunde beim zuschauen. Anerkennend nicken sie ihm zu, was den Buben sehr, sehr stolz macht.

Als alles getan ist gehen sie erhobenen Hauptes und respektvoll zum Eingang der Höhle die sie lange Zeit als Höhle der Verdammnis bezeichnet haben! Einige erheben friedvoll die Hände zum Himmel und beginnen leise aber eindringlich zu singen:

„Wir haben gelitten unter ihm
und den Seinen,
viele mussten sterben
unter seinem Joch,
alles wurde uns genommen,
nur die Selbstachtung
haben wir uns erhalten,
bis er kommt
um uns zu befreien.

Nun ist er da,
wir folgen ihm,
lieber tot,
als sein Sklave zu sein,
die Freiheit ist nah,
für Bottenga
und sein Volk"
Wir haben gelitten……………

Höhle der singenden Geister.
(ehemals Höhle der Verdammnis genannt!)

Höhle der singenden Geister.

Schnell aber ohne Hast erreichen etwa siebzig Menschen den Eingang der Höhle, die von ihnen viele Jahre Höhle der Verdammnis genannt wurde. Jeder von ihnen ist bewaffnet und führt Proviant, in aus Fellen gefertigter Rucksäcke mit sich.
Die von Noppus und Albon sind sehr schwer. Laut Aussage der beiden wüsste man ja nicht wie lange man dort drinnen sein muss. Nach einigen hundert Schritten stehen sie vor einer seltsamen mit Bildern und Schriften bemalten geheimnisvollen Felswand. Ein melodisches Singen ertönt. Es ist wie das Summen von vielen tausend Bienen. Manche erschrecken und wollen zurück kehren. Doch draußen wartet gnadenlos der Tod.
Verzweifelt und hoffnungslos, gewisser maßen Sartus im Rücken, stehen sie vor dieser Felsenwand die das weitergehen und ihre Flucht scheinbar unmöglich macht. Ein zurückgelassener Beobachter der am Eingang, steht ruft laut und deutlich, Sie kommen, in etwa drei Stunden werden die Feinde Laar erreichen. Eldor und seine Freunde beruhigen die Flüchtenden mit den Worten, Draußen wartet der Tod, hier aber gibt es die Möglichkeit zu entkommen.

Er hat eine kleine Vertiefung in der bemalten Wand entdeckt die seinem Ring der Erkenntnis gleicht. Eldor ist zuversichtlich, dass er die Lösung des Entkommens entdeckt hat! Er entfernt seinen von Tull gefertigten Handschuh, steckt den Ring in die Vertiefung, Sofort erscheint ein Licht welches das Mal auf seiner Hand in vielen Farben hell erleuchten lässt. Nach wenigen Augenblicken öffnet sich wie von Geisterhand ein Tor das sie alle schnell durchschreiten. Als sie alle das Tor durchschritten haben verschließt sich der Eingang, so schnell wie er sich geöffnet hat.

Voller Respekt, manche etwas ängstlich begehen sie einen engen, nach unten führender Tunnel der von seltsamen Lichtern beleuchtet ist. Beiderseits des Weges sind auf den Felsenwänden geheimnisvolle Bilder und Schriften zu sehen. Einige in den Fels geschlagene Schriften ziehen sie alle magisch an:

„Tolerante genüb oll dem Leba us Bottenga un oll dem Leba desser Worlt is unser Uffgab"

Der Weg in die Ungewissheit.

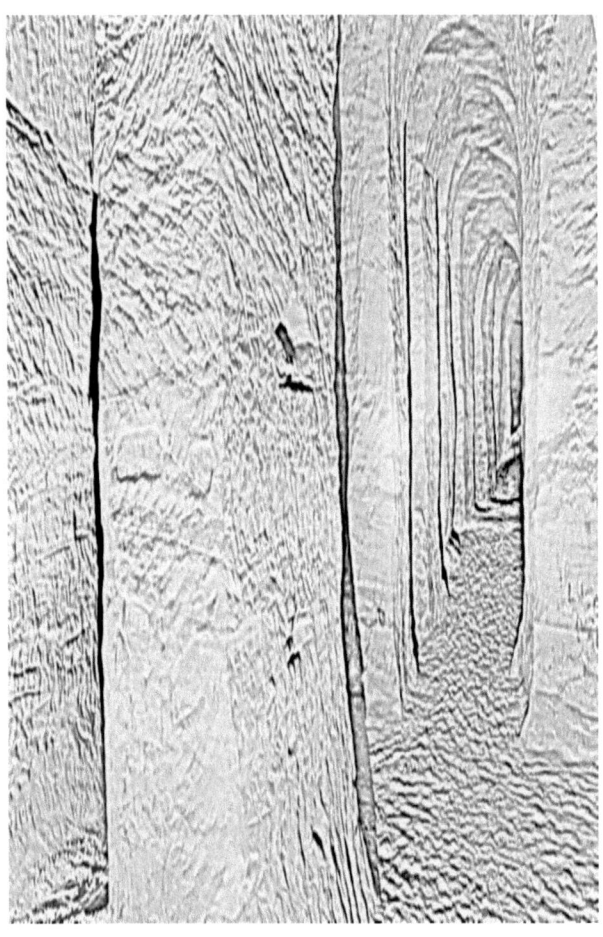

Irgendwie ahnungslos lesen sie die Schrift, keiner kann sich den Sinn erklären. Leandra jene, die alte Sprachen beherrscht, übersetzt alle diese Worte wie folgt. Gebannt hören alle ihr zu.

Toleranz gegenüber allem Leben von Bottenga und allem Leben dieser Welt ist unsere Aufgabe.

Beindruckt und ohne Angst begehen sie weiter den Weg der Freiheit, der immer tiefer nach unten führt. Wieder stehen sie vor einem Bild das sie sehr fesselt.

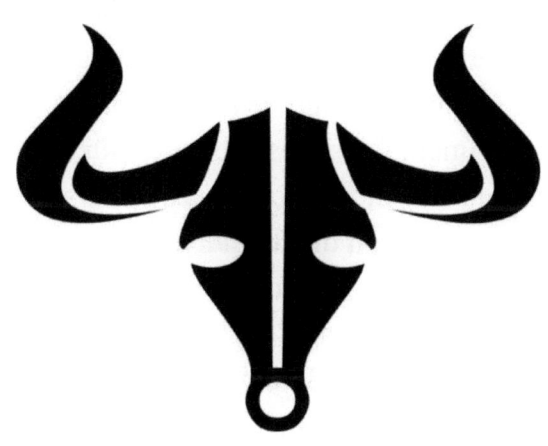

Leandra erklärt, dass der Stier des Lebens einst das Symbol in alten Zeiten auf der grauen Freiheitsfahne von Bottenga zu sehen war! Jedoch von Sartus für alle Zukunft verboten wurde. Siehe aber das Zeichen auf Eldors Hand, du wirst erkennen und verstehen.

Nach vielen sehr anstrengenden Stunden betreten alle einen fast runden zimmergroßen von Felswänden umgebenen Raum, legen sich ermüdet nieder um etwas zu schlafen.
Eldor, Arem und Geres erkunden diesen doch etwas seltsamen Felsenraum und entdecken einen kleinen Durchgang den sie nach der Pause vorsichtig und wachsam durchschreiten. Voller Hoffnung zu überleben und irgendwann den süßen Duft der Freiheit zu atmen. Es ist das Ziel aller, für das sie bereit sind ihr Leben zu geben. Lieber den Weg zu Neuem gehen, als von den Feinden getötet zu werden. Denn es ist nun endlich an der Zeit zu kämpfen, vor dem man viele Jahre Angst hatte. Durch diese Angst wurden die Feinde von Bottenga stark und mächtig. Die soll in Zukunft nicht mehr geschehen!

Sartus Ankunft in Laar.

Inzwischen erreicht Sartus mit seiner Bande und den Verrätern aus Assmer das Dorf Laar. Keine Mensch, kein Kindergeschrei, nur absolute Stille. Sartus sagt, sie sind geflohen, sucht sie zwischen den Felsen, sucht sie überall an jedem Ort. Sie können sich nicht weggezaubert haben. Findet sie! .. FINDET SIE! ... Kerrn, ein Verräter, seines Volkes der von den Getreuen Bottengas nur Schweinebacke genannt wird, stimmt den Worten des Sartus zu. Diesem gefällt das, er ernennt Kerrn zum zukünftigen Bürgermeister von Laar. Kerrn weiß, dass dies für sein Leben eine Wendung bedeutet. Er verneigt sich vor Sartus und sagt:

„ Alle deine Worte sind Worte die Geschichte schreiben, deine Taten werden nie vergessen sein, Sartus mein Herr, Sieger über die ganze Welt"

Es scheint, dass er vergessen hat, dass Sartus von den Nordländern besiegt wurde. Aber mit solchen Worten nur sein eigenes Ziel verfolgt! Ein Verräter am eigenen Volk und den bisherigen Freunden die er einst besessen hat. Er macht seinem Namen „Schweinebacke" alle Ehre.

Viele Stunden suchen die Krieger erfolglos nach den verschwundenen ehemaligen Bewohnern des Ortes. Hungrig und durstig kehren sie zurück. Nehmt euch alle Speisen und Getränke aus den Hütten und Vorratskammern, esst und trinkt so viel ihr wollt. Da keinerlei Gefahr zu bestehen scheint, betritt Sartus als erster eine der Hütten. Als er die Türe öffnet, wird er von Jauche überschüttet was seinen Hass ins unendliche steigert. Schmerzensschreie derer, die sich von den in verdeckten Löchern befindlichen Speeren, schwere Verletzungen zuzogen haben treibt seinen Hass in den Wahnsinn. Er tobt und schreit wie ein Verrückter.

Sie werden tot sein, alle tot, tot, tot. Ich will alle tot vor mir liegen sehen. Gehet hin und tötet alle Feinde. Keine Gnade selbst nicht für ihre Frauen und Kinder. Kerrn geht zu Sartus um ihn zu beruhigen! Sartus schlägt ihm ins Gesicht, schreit alles Verräter, alle, alle, alle, Verräter! Ich werde sie vernichten ……
Man versucht, erfolglos Sartus zu beruhigen. Dieser ist nach dem verlorenen Krieg gegen Ambur außer sich! Ein Zeichen, das auch bei zukünftigen Welten Herrschern erkennbar ist.

Vorsichtig betreten nun die restlichen Männer von dem Wahnsinnigen, Gebäude um Nahrung zu finden. Mit einigen geräucherten Fischen und Speck beladen kehren sie zurück, was unter allen verteilt wird. Sogar ein Kuchen wurde gefunden.
Genüsslich verzehrt jeder seinen Anteil! Wenige Zeit später wird der allgemeine Spruch:

„Die Kacke ist am dampfen"

zur Wahrheit für Sartus und seine mittlerweile stark lädierten Krieger. Manch Körperteil derer ist heute stark beansprucht!

Kerrn findet einige Pulver die zur Genesung beitragen sollen. Er kennt diese aus Assmer, da sie dort bei Problemen mit Magen und Darm angeboten werden. Er vermischt sie mit sauberem Quellwasser und verteilt sie unter den Jammernden. Wunden der Männer die von Speeren verletzt wurden, bestreut er mit einem heilenden Pulver, von Pflanzen deren Zusammen Stellung nur wenigen in Bottenga bekannt ist. Damit beginnt ein Drama unter den Kriegern und auch von Sartus. Viele werden kampfunfähig, einige sterben an Vergiftung, andere fliehen aus Angst! Es hat den Anschein als wäre Sartus besiegt! Sartus jedoch erkennt, dass alle die er töten wollte, entkommen sind. Sein Hass und sein Zorn, ist nun vollkommen. Nicht nur wegen seinem Geruch halten die meisten seiner Männer etwas Abstand zu ihm. Einige sprechen mit vorgehaltener Hand, das war es wohl, es ist vorbei. „Gehen wir"

Sie sind in der Höhle, schreit Sartus, nur so konnten sie fliehen. Mit etwa dreißig wieder genesenen kampfbereiten Männern betritt er die Höhle der singenden Geister.
Als sie vor der beschrifteten Felswand stehen, die ein Weiterkommen unmöglich macht, schickt er einige zurück um Schmiedehämmer von Tull zu holen.
Diese werden verteilt, auch Kerrn ist einer derjenigen der mir den Verrätern aus Assmer und Galdann in der ersten Reihe steht, um einen Weg mit Gewalt, durch den Fels zu schlagen.

Sartus befiehlt, zerschlagt nun den Fels der uns Macht und Reichtum nimmt! Kerrn tut sich mit gewaltigen

Schlägen besonders hervor. Ein monotones Singen ertönt. Sartus zieht sich wie immer aus der vorderen Reihe zurück und versteckt sich hinter seinen Männern. Der unheimliche Gesang steigert sich, wird lauter und lauter. Worte sind nun für alle verständlich:

*„Tot sollen alle sein, die hier dringen ein,
Tot werden alle sein, die hier dringen ein,
sie werden fallen in die Tiefen, wo einst die Götter
von Bottenga schliefen. Tot sollen alle sein"*

Der Gesang wiederholt sich, wird lauter und lauter.

*„Tot sollen alle sein, die hier dringen ein,
Tot werden alle sein, die hier dringen ein,
sie werden fallen in die Tiefen, wo einst die Götter
von Bottenga schliefen. Tot sollen alle sein"*

Wenige Augenblicke später öffnet sich der der Boden unter den Füßen derer, welche die Mauer zerschlagen wollten. Sehr lange sind ihre Schreie nach Hilfe, und Vergebung zu hören! Irgendwann büßt jeder für seine Taten. Irgendwann ist es für alle soweit! Irgendwann!

Felswand in der Höhle der singenden Geister!

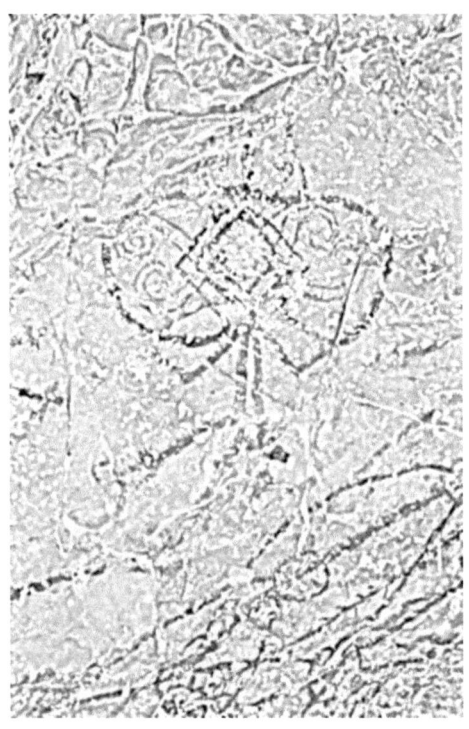

Keiner der Verräter aus Assmer und Galdann hat überlebt. Sartus und sieben seiner Getreuen konnten entkommen. Für viele von ihnen wurde die Höhle der singenden Geister zur Höhle der Verdammnis. Kurz danach endet das monotone Singen und der Boden der für viele aus Sarturs Bande den Tod bedeutete, schließt sich so schnell wie er sich geöffnet hat.
Sartus und seine sieben kampffähigen Krieger, denen die Flucht aus der Höhle gelungen ist, beschließen zur Burg Allfrei zurück zu kehren um neue Gedanken zu sammeln und siegreich den Kampf zu beenden. In Assmer angekommen, suchen sie alle nach Speisen, die dort reichlich zu finden sind! Gesättigt und voller Hoffnung, den Kampf gegen die Kämpfer von Bottenga doch noch zu gewinnen.

Eldor, seine Freunde und die Bewohner aus Laar zwängen sich durch den Eingang der bei einer Begehung entdeckt wurde. Specksepp wurde von Noppus und Albon ruckartig durch die Öffnung gezogen, was diesem einige Schmerzen bereitet hat. Alleine hätte er es nicht geschafft. Aber für sie war Sepp der wichtigste aller. Den Grund dafür wird jeder wissen. Dann stehen sie in einer riesigen von Felsen

umgebenen Halle die der Empfangshalle der Burg
Allfrei gleicht. Aus einer Nische stürmt eine ältere
grauhaarige Frau auf Eldor zu, umarmt ihn und sagt:
Eldor mein Sohn. Endlich bist du da, ich habe so
lange auf dich gewartet. Ein Mann nähert sich mit
Tränen in den Augen sagt nur ein Wort „Sohn" Eldor
ist etwas verwirrt und fragt, wer seid ihr? Ich bin
Marta deine Mutter und das ist Ihlas dein Vater! Siehe
das Mal auf deiner Hand und das Mal auf der Hand
deines Vaters. Alle anderen knien nieder um ihren
König Ihlas, seine Frau Marta und Eldor zu huldigen.
Eldor schimpft, steht auf, ab heute wird der Brauch
des Niederkniens ungültig. Ich und meine Eltern, die
lange Jahre in der Einsamkeit der Höhle verbracht
haben sind ein Teil des Ganzen. Niederwerfen ist ein
Brauch von Sartus und nicht von uns. Merkt euch das
für alle Zeiten und erhebt Euch schnell! Danke.

Eldor fragt seine richtigen Eltern, wie konntet ihr so
viele Jahre ohne Speis und Trank überleben. Ihlas
antwortet, siehe hier die kleine Quelle die uns Wasser
zum Leben gab. Weiterhin konnte ich mit dem Ring
eine kleine Öffnung nach außen finden. Marta
zwängte sich durch, benachrichtigte Tull, Geela und

Flinn. Tull und Flinn brachten uns wöchentlich einen Fellsack der mit Speisen gefüllt, durch die Öffnung gereicht wurde. So haben wir überlebt, denn unser Traum war, dich unseren Sohn in die Arme zu schließen. Eldor ist sichtlich bewegt, es fällt ihm schwer seine Tränen zurück zu halten. Warum war es nicht möglich zu fliehen? Ihlas antwortet, es ist ein leichtes mit dem Ring der Erkenntnis die Höhle der singenden Geister zu betreten, als sie zu verlassen! Man kann auch nur innerhalb der Höhle den kleinen Ausgang öffnen. Von außen wäre das nicht möglich gewesen. Deshalb musste ich bleiben, während Marta nach Hilfe suchte.

Siehe aber die Schriften auf der Felsenwand, die beim öffnen zur Burg Allfrei führen. Eldor sagt, lasst uns nun alles vergessen, setzt euch nieder esst und trinkt, damit wir für unsere zukünftigen Aufgaben stark sind.
Eldor, Ihlas und Leandra studieren die Schriften an der Felsenwand die zur Burg Allfrei führt!
Marta weicht keinen Schritt von Eldors Seite. In Gedanken versunken sagt sie folgendes:

Ihlas denke an deine Freunde, Geritas, Hard, Carl, Zarn, Atta und Xero deren Töchter und Söhne alle hier versammelt sind. Es ist der Weg in die Freiheit und der Weg in ein neues freiheitliches Leben!

Eldor und seinem Vater fällt es wie Schuppen von den Augen. Problemlos können sie nun die alten Schriften, die zudem mit Bildern unterlegt sind, deuten. Leandra übersetzt unbekannte Worte die der Weg zur Erkenntnis sind.

Wenn das Mal zweier Hände sich zu einem in Frieden vereinigen, wird die Faust von Hard erscheinen, drei Männer müssen nacheinander mit je einem gewaltigen Schlag ihrer Faust das Zeichen treffen.
Sollte diese Aufgabe gelingen erscheint eine Öffnung in die ein Speer vom Ende des Raumes geworfen werden muss, der danach in der Unendlichkeit der Felsen verschwindet.
Ein Messerwurf auf das Auge des Terriers, der aber nur kurze Zeit an der Wand sichtbar wird, bringt euch der Freiheit näher.

Danach erscheint ein silbern glänzender Stein, eine Streitaxt muss diesen in zwei gleiche Teile spalten. Die nächste Aufgabe ist, die nun erscheinende Mauer zu zerschlagen, was für die letzte Aufgabe und für eure Freiheit überaus wichtig ist. Fürchtet euch nicht, denn ihr seid die Befreier von Bottenga

Sollte euch das gelingen, ist eine abschließende Frage, die richtig beantwortet werden muss, euer Weg in die Freiheit!
Sollte es euch nicht gelingen, diese Aufgaben zu meistern, bleibt euch nur der Weg zurück.

Jedoch wird danach der Kampf nicht vorbei sein, denn der Feind ist noch nicht besiegt. Er wird immer stärker, durch Verrat einiger aus dem eigenen Land. Habgier und Egoismus haben dem Land großen Schaden zugefügt. Seid bereit das zu ändern.

Alle verstehen diese Worte, den Freunden von Eldor wird klar, dass keiner versagen darf, Selbst Neler und Albon haben erkannt weshalb das Schicksal sie alle zusammen geführt hat! Wir werden unser bestes geben und frei sein! Denn Freiheit ist wichtiger als alles andere. Gemeinsam packen wir das!

Sofort wird ein Plan entwickelt wie man diese Aufgaben lösen kann. Jeder von Eldors Freunden weiß was er zu tun hat. Leandra wird bestimmt die alles entscheidende Frage zu beantworten. Die Nerven aller Anwesenden sind bis zum zerreißen gespannt!

Ihlas und Eldor stehen Arm in Arm, die Hände mit dem Mal erhoben, vor der mit Schriften und Bilden bemalten Wand. Ein Licht erscheint, es ist als ob das Licht in ihre Körper dringt und ihre Seele durchforscht. Nach kurzer Zeit wird eine geballte Faust erkennbar, Neler schlägt mit aller Kraft auf dieses Wandbild, ein knackendes Geräusch lässt erkennen, dass Nelers Mittelhand gebrochen ist. Ohne seinen Schmerz zu beachten tritt er zurück.
Nun schlägt Albon zu, es ist wie wenn er mit all seiner Kraft die Mauern durchschlagen will. Es scheint als ob die Faust von Hard etwas zurück gewichen ist!
Der dritte Faustschlag von Noppus lässt den Raum in dem sie sich befinden, erzittern. Zur Erleichterung aller verschwindet dieses Bildnis.
Plötzlich wird ein Schlitz erkennbar, in den Arem seinen Speer zielgenau schleudert. Arems Speer wird

wie von einem Sog angezogen und verschwindet in
der bemalten Wand.
Ein wildes Gesicht das Ähnlichkeit mit dem Gesicht
von Sartus hat ist zu sehen. In das rot umrandete Auge
des widerlichen Bildes trifft das Messer von Geres.
Einige derer die dabei waren sind der Meinung einen
schmerzvollen Schrei gehört zu haben.
Nun aber baut sich eine gewaltige Mauer vor der
Felsenwand die mit Bildern und Schriften versehen
ist, auf! Freddo zerschlägt mit seinem schweren
Hammer diese Mauer in kurzer Zeit, zu kleinen
Stücken. Mancher wird von Splittern getroffen ohne
es zu bemerken.

Nun wird ein Schriftfeld erkennbar das folgende
Frage stellt:

*„Was wird einst sein, wenn die Feinde und Verräter
Bottengas sich zu Herrschern erheben und alle zu
Sklaven machen"*

Eldor erinnert sich an die Worte die Leandra nach
ihrer Befreiung aus dem Turm ohne Wiederkehr
gesprochen hat. Er ist sich gewiss, dass Leandra die
Aufgabe lösen wird und sie alle der Freiheit näher

bringt. Ruhig und wie selbstverständlich antwortet sie wie folgt:

„Wenn jener mit dem Mal, die Höhle der singenden Geister betritt, öffnet sich das Heilige Tor und die Freiheit ist für Bottenga und für seine Bürger nah.

Nach kurzer Zeit der Ungewissheit öffnet sich die Felswand. Alle erreichen nun sehr erleichtert, über steile Treppen die Halle der Helden in der Burg Allfrei, die lange Zeit nicht mehr betreten wurde! Sartus wollte diesen Raum der für Bottenga und die Geschichte des gesamten Landes sehr wichtig ist vernichten. Zum Glück war es ihm und seiner Horde nicht möglich das zu tun.
Eine unsichtbare Wand und grelle Blitze hielten sie vom Betreten der Halle zurück.

Gesichter lebenstreu gemalt zieren die Wände des Raumes. Noppus erkennt das Bild seines Vaters Hard. Gedankenverloren sagt er, Danke Vater, dass du mir gelehrt hast, meine Faust so zu benutzen, wie du es einst getan hast.
Ein überraschter Schrei von Albon erweckt alle aus ihren persönlichen Gedanken. Er steht vor dem Bild

seines Vaters „Asram" der einst die Wasserfälle von Zerb schwimmend bezwungen hat!
Albon ist stolz auf den Vater und stolz, dass er zu Eldors Mannschaft und zu seinen Freunden gehört!

Halle der Helden

(Bundesarchiv, Bild 183-1984-0322-303 / CC-BY-SA 3.0)

Auch viele andere Gesichter sind zu erkennen.
Ihlas und Eldor stehen vor dem Bildnis von Elban,
erkennen auf seiner Hand den Ring. Ihlas sagt, das ist
der Dritte Ring der nach dem Tod meines Vaters und
deines Großvaters gestohlen wurde. Damit kann man
die Halle der Helden nicht erreichen, ein Weitergehen
ist nur gemeinsam mit drei oder zwei Ringen möglich.
Zum Glück können unsere beiden Ringe, einem Ring
den Zutritt zu Burg verweigern.
Leandra sieht ihren Vater Atta und ihre Mutter Neer
es scheint als wollte Atta zu ihr sprechen, in ihren
Gedanken hört sie den Vater und spricht die Worte
von Atta laut und verständlich für alle Anwesenden
nach.

*„Erst wenn der Feind tot am Boden liegt, werdet ihr
und alle Bewohner von Bottenga frei sein, achtet auf
Botas aus Assmer, er wird euch nicht zur Seite stehen,
Er ist ein Verräter von unserem Volk, Denkt daran"*

*Wenn ihr seht und erkennt ist Freiheit für alle nah.
Vernichtet Sartus und die Seinen gnadenlos, denn sie
haben keine Gnade verdient! Es sind Mörder und
Verräter ohne Ehre und Gewissen. Denkt daran!*

Alle anderen sehen etwas wehmütig auf die Bilder ihrer Vorfahren, die als Helden in die Geschichte von Bottenga eingegangen sind. Arem, Freddo, Geres und Lona sind fast nicht zu bewegen den Raum der Helden zu verlassen. Voller Stolz auf die Vorfahren schwören sie, Bottenga bis zum Lebensende zu dienen.

Leandra berichtet von weiteren Visionen, die von Eldor und seinen Freunden sehr ernst genommen werden! Diese Warnung müssen wir bedenken und ein weiteres Vorgehen gegen unsere Feinde planen.

Rückkehr des Sartus nach Assmer

Zum Zeitpunkt als Eldors Freunde in die Burg Allfrei zurückkehren, erreicht Sartus und seine letzten ihm treu gebliebenen Kämpfer, Assmer. Er befiehlt ihnen außerhalb von Bottenga neue Söldner an zu werben. Jeder von ihnen erhält einen Beutel voll Gold und Silber um eine Anzahlung leisten zu können.

Emmre der nur „Gaul" genannt wird, sich mit Pferden besser versteht als mit Menschen hat die Aufgabe bei den Juventern Kriegshilfe gegen Bottenga, die besten Freunde des Nordlandes, zu holen. Diese jedoch haben keine Lust, Krieg gegen Bottenga zu führen! Sie sind der Meinung, dass ihr und andere Leben vernichtet werden, dies aber nicht mehr ihrem Lebensgefühl entsprechen würde. Bleib und speise mit uns in Teig gehülltes gemahlenes Fleisch damit du erkennst was Leben ohne Krieg ohne Tod und ohne Feindschaft bedeutet.
Trinke mit uns den vergorenen Saft von Trauben der bei uns Vino genannt wird, dann lege dich nieder und erhole dich von deiner langen Reise.

Emmre der Angst vor der Rache des Sartus hat, kehrt nicht zu ihm zurück. Er macht sich mit dem Beutel

Gold und Silber ein gemütliches und schönes Leben.
Er bereut seine Tat nicht, lässt es sich in einem älteren
Haus gut gehen. Nie mehr Krieg, nie mehr Kampf,
Essen in Hülle und Fülle, ein anderes ruhiges Leben,
eine Frau, was will er mehr.

Über der Eingangstür zu seiner Wohnung ist ein
Schild befestigt worauf geschrieben steht:

Grazie a vita , tutto è ben

Erste Türe,
Wohnung von Emmre.

Tedor wird im Land der Allganer fündig, verpflichtet Ull und seine Mörderbande die aus zwanzig Männern besteht, diese jedoch gehen mit dem Gedanken nach einem Sieg, selbst zu Herren des Landes zu werden, um sich allen Reichtum von Bottenga anzueignen.

Lotz der treueste Krieger von Sartus, entführt Männer vom Land der Sarrer, die in Ketten nach Bottenga geführt werden, diese jedoch mit dem Gedanken sofort zu fliehen, wenn es sich ergeben sollte.

Inas der Glückliche, hat scheinbar wieder Glück, er verpflichtet bei den Swaben über hundert zum Kampf bereite Krieger und zahlt sofort eine Prämie. Am Tag des Marsches nach Bottenga sind diese und die gezahlte Prämie nicht mehr auffindbar.

Enser findet neun Kämpfer, die bereit sind für Sartus zu kämpfen, ihr hohes Alter jedoch ist für den Krieg gegen Eldor und seine Freunde höchst fraglich. Als diese erkennen was sie erwartet, flüchten sie in der Nacht auf dem schnellsten Weg.

Die Brüder Org und Borg verschwinden auf Nimmer Wiedersehen mit den Kampfprämien irgendwo in den umliegenden Ländern. Sie haben von Sartus Kriegen mittlerweile genug. Man hat von beiden nie wieder etwas gehört. Ein gemütliches Leben ist ihnen wichtiger als kämpfen und sterben.

Sartus indessen versteckt sich in einem Kellerraum der vom Verräter Botas vor einiger Zeit ausgegraben wurde. Dieses Versteck wurde von Sartus immer dann genutzt, wenn es für ihn und seinen Machthunger gefährlich wurde. Mittlerweile versteht auch Botas, dass sein Reichtum nur durch Verrat am eigenen Volk zustande kam. Als er aber die neuen angeworbenen Söldner des Sartus sieht macht auch er sich große Sorgen um das eigene Sein!
Sartus aber beruhigt ihn, wir sind stärker, sie sind nur wenige. In kurzer Zeit wird es wieder so sein wie es einst war. Ich werde nun deinen Keller verlassen, um den Kampf gegen „Sie" vorbereiten zu können. Bald werden wir wieder die Herren des Landes sein.

Botas ist beruhigt, und hofft auf den Sieg von Sartus, der dann ihm selbst zugutekommt. Manche Bürger von Assmer und Galdann sind nicht beruhigt, denn sie wissen, dass sie ihr Land verraten haben, viele Jahre auf der Seite des Sartus standen und dadurch zu

Verbrechern am eigenen Volk geworden sind.
Gran der ehemalige Bürgermeister, hat sie einst
gewarnt, doch keiner wollte auf ihn hören! Bald wird
entschieden, bald werden einige ihren Status und
ihren Verräter Lohn verlieren. Manche verlassen
schon jetzt Assmer und Galdann mit beladenen
Wägen um noch zu retten was zu retten ist. Manche
aber verlieren in den umliegenden Ländern durch
Diebe ihre gesamte Habe und ihr Leben

Burg Allfrei

Burg Allfrei!

Ihlas der einstige König von Bottenga krönt in der Halle der Helden seinen geliebten Sohn Eldor zum zum neuen Herrscher über Bottenga. Marta seine Mutter weint Freudentränen. Tull und Geela die Stiefeltern von Eldor sind mit Stolz erfüllt! Alle Freunde von Eldor erheben ihre Hände, was ewige Treue zum Ausdruck bringen soll.
Noppus flüstert Albon einige Worte zu, das anschließende Königsmahl wird für unseren Hunger angemessen sein. Albon lächelt und sagt: „So wird es sein" hoffe ich!
Eldor lächelt in dem Wissen, dass für seine beiden Freunde, Treue zu ihm und ein voller Magen sehr wichtig ist!

Eine Stunde später nähert sich Gran der für Eldor in Assmer und Galdann das Hörrohr war! Er berichtet, dass Sartus von Botas dem Verräter versteckt wurde, aber nun auf der Suche nach neuen Kriegern ist, um das Land zu vernichten! Auch dass nun eine Mörderbande in den Reihen von Sartus zu finden ist.

Sofort schickt Eldor, Lana und Noppus nach Assmer
um Botas und andere Verräter zu verhaften und diese
zu Gurd in den Turm zu sperren.
Bei der Ankunft am Haus des Botas, tritt dieser
heraus und fragt nach ihren Wünschen. Kurz angebunden schlägt Noppus ihn zu Boden. Bei der
Durchsuchung seines Hauses, entdecken sie den
geheimen Kellerraum in dem Sartus einige Tage
versteckt wurde. Durch Androhung von Schlägen,
verrät Botas die Namen aller, die Sartus einst unterstützt haben! Lona besucht alle Verräter und treibt sie
mit Hilfe ihrer Streitaxt der Burg entgegen. Manche
die wissen was ihnen bevorsteht, bitten um Gnade!
Eldor jedoch verurteilt sie alle zu zweihundert Tagen
Gefangenschaft im Turm. Er will damit den Verrätern
zeigen, was einige im Land durch Sartus Willkür und
ihren Verrat viele lange Jahre erleiden mussten.
Gerechtigkeit soll allen widerfahren die gerecht sind.
Dies soll nun für alle in Bottenga der neue Weg sein!
„Gerechtigkeit und Gemeinschaft"
für alle Bürger Bottengas ist das Ziel von Eldor.
Einzig Botas und Gurd werden zu fünfhundert Tagen
Aufenthalt im Turm verurteilt! Ihr Flehen und Bitten,
um Gnade verhallt wirkungslos in den Räumen von
Allfrei. Keiner hat nur einen Funken Mitleid,

für beide, die sich auf Kosten anderer ein gutes Leben gemacht haben.
Freddo schlägt eine Öffnung in den Turm in dem Gurd bereits gefangen gehalten wird. Mit einer Karaffe Wasser und etwas Brot, werden alle Verräter im Turm festgehalten. Die Öffnung mauert Freddo so wie er es vom Vater gelernt hat, in Minutenschnelle wieder zu. Das Jammern und Schreien der zu Recht Verurteilten, wird von den Wänden des Turmes verschluckt. An jedem dritten Tag ihrer Gefangenschaft wird die Ration erneuert. Eldor entscheidet, dass an Festtagen im Land, jeder Gefangene eine dicke Scheibe Speck und einen geräucherten Fisch zu erhalten habe! Weiterhin wäre sein Wunsch, dass eine hellgraue Fahne mit dem Bild des Stiers und der Aufschrift:

„Bottenga"

auf der Burg Allfrei zukünftig, weithin sichtbar für alle Bürger, im Wind wehen soll. Auch alle Traditionen vor der Herrschaft von Sartur sollen nun wieder Gültigkeit erlangen.
So soll es sein.

Man bespricht die neue Lage, die Burg wird aufgerüstet um einem Angriff des Sartus standzuhalten. Alle Bewohner von Bottenga werden gewarnt, und dringend gebeten Haus und Hof zu verlassen, und in der Burg Schutz suchen.

Tull steht in der Burg Schmiede um Teile herzustellen die zu Verstärkung des Burgtors notwendig sind. Manchmal kommt Eldor und arbeitet mit. Für ihn ist es eine Freude, Tull wie in früheren Zeiten helfen zu können. Tagelang wird gearbeitet aber von Sartus ist nichts zu sehen oder zu hören.

Botas wird mehrere Male verhört, aber keine Antwort. Man glaubt ihm, dass er von den Plänen des Sartus nichts weiß.
Leandra die sich mittlerweile mit Eldor, zur Freude von Marta und Ihlas verlobt hat spricht oft von den Worten die sie vom Vater Atta übermittelt bekommt.

Er ist nah, seid wachsam, bewacht Allfrei bei Tag und Nacht. Er wird kommen um sich für alle seine Niederlagen zu rächen. Mörder und Verbrecher werden ihn begleiten die keine Gnade kennen. Seid wachsam denn Sartus ist ein Teufel der für seine Ziele gnadenlos tötet!

Eldor sendet einige Späher in alle Richtungen, um den momentanen Aufenthalt des Sartus zu erfahren. Auch Noppus und Albon wurden auserwählt um in umliegenden Orten außerhalb von Bottenga, das weitere Vorgehen von Sartus in Erfahrung zu bringen. Sie wollen als Faustkämpfer getarnt, bei Märkten und sonstigen Festen teilnehmen.

Noppus sagt, eine gute Wahl, es ist Zeit, dass ich mit einigen Schlägen auf den Kopf von Albon, sein Gehirn wieder zum arbeiten bringe.
Die trockene Antwort von Albon lautet wie folgt, nein mein Freund, ich erachte es als wichtig dein lockeres Mundwerk, mit einigen gezielten Schlägen zu verschließen, dass ich zukünftig keine dummen Sprüche von dir ertragen muss. Beide lachen und nehmen sich freundschaftlich in die Arme.
Lona sagt, ihr beide seid verrückt, aber ich mag euch sehr, ich bin stolz euch meine Freunde nennen zu können. Freddo meldet sich lachend und voller Anerkennung zu Wort.
Ab und zu würde euch beiden ein kleiner Schlag mit meinem Hammer auf den Kopf sehr guttun, in dem Wissen, dass die Aufgabe der beiden gefährlich ist.

Nach drei Tagen erreichen beide den Markt von Albronn, getrennt melden sie sich zum Faustkampf. Ihr Einsatz beträgt zwei Silberstücke. Die anwesenden schließen Wetten ab. Der Favorit ist Tember, noch nie hat er einen Faustkampf verloren. Auch Kelder steht in dem oberen Rang der Wettliste. Noppus setzt auf Albon, und dieser wiederum auf Noppus. Stunden später befinden sich beide im finalen Endkampf. Mit gewaltigen Schlägen bekämpfen sie sich. Am Ende wird der Kampf unentschieden gewertet. Die Siegprämie wird geteilt. Gewisse Worte eines Zuschauers: Das wären Kämpfer für Sartus. Sie fragen ihn wo sie diesen Sartus antreffen können. Aber dieser kann ihre Fragen nicht beantworten.

Nach Wochen der Ruhe kehrt der letzte Späher zur Burg zurück. Noppus und Albon übergeben Eldor eine mit Silbergeld beladene Schatulle, die sie durch Kämpfe und Wetten auf sich selbst gewonnen haben. Es soll für jene verwendet werden, die unter der Herrschaft von Sartus und seiner Bande viele Jahre gelitten haben.

Hermes der es geschafft hat in wenigen Tagen
Ambur zu erreichen, konnte wichtiges in Erfahrung
bringen. In Brähm ist eine große Truppenbewegung
erkennbar.
Eine Stadt die Ambur und ihren Freunden nicht
wohlgesonnen ist. Aber der Werber nach kampfbereiten Kriegern würde sich nicht Sartus benennen
sondern Ilgrimm der Wissende. Hermes macht sich
auf den Weg nach Brähm um neues zu erfahren. Er
erkennt Sartus und begibt sich sofort auf den Weg
zurück nach Bottenga.
Sein Begleiter aus Ambur berichtet dies, nach seiner
Rückkehr, sofort den Verantwortlichen seiner Stadt.
Schnell handelt Ambur, schickt zweihundert Krieger
unter Führung von Jacobus der Jacco genannt wird,
nach Bottenga. Außerdem sollen Bogenschützen mit
gezielten Schüssen den Marsch auf das Land der
Freunde verhindern. Eine Taktik die bereits beim
Angriff Sarturs auf Ambur sehr erfolgreich war.

Einen Tag später machen sich Uve und Orst auf den
Weg nach Bottenga. Es erscheint ihnen wichtig zu
sein, mit ihrer Anwesenheit den Brähmern zu zeigen.
wer und welche Stadt die Nummer eins im Nordland

war , und auf ewig die Nummer eins im Norden sein wird. Alle die anderer Meinung sind werden sehen.

Sartus Rückkehr.

Sartus der sich nun Ilgrimm nennt spricht große Worte auf dem Platz der von vielen Brähmer Bürgern, Platz des Friedens genannt wird.
Er verspricht allen die ihm folgen, Reichtum und Wohlstand, fast die gleichen Worte die er vor langer Zeit in Galdann und Assmer gesprochen hat. Wir wollen Bottenga erobern und ihre Schätze unter uns aufteilen. Denn es wäre ein Leichtes die Schätze von Bottenga zu übernehmen. Jeder der zu ihm steht wird als reicher Mann in seine Heimat zurückkehren. Kein oder nur wenig Wiederstand würde sie erwarten. Bottenga ist sehr schwach. Wir werden sie vernichten, und unseren Sieg in das Nordland tragen. Ambur wird danach nur noch Vergangenheit sein. Die Helden von Brähm werden in die Geschichte des Nordlandes eingehen. Ihre Taten werden nie verhallen. Sie werden voller Reichtum und als Helden in der Geschichte des Nordens eingehen! Ich Ilgrimm sehe in die Zukunft!

Jene die verstehen um was es nun geht, verlassen in der Nacht Sarturs Horde. Sie haben erkannt, dass Ambur und Brähm nur gemeinsam gegen alle Feinde stark sind. In Zukunft kann nur zusammen ein friedliches Miteinander dem Nordland, Freiheit und Wohlstand erhalten.

Ilgrimm ehemals Sartus genannt ernennt den Totschläger und Mörder Ull mit den Worten: „Seine Befehle sind meine Befehle" zu seinem Stellvertreter. Ull ist begeistert und schwört absolute Treue, mit dem Hintergedanken alle Reichtümer für sich selbst und seine Mordbande zu erobern. Deshalb wird jeder seiner Männer zu Anführern mancher Kampftruppen!

Mit fast fünfhundert Kämpfern macht er sich auf den Weg um Bottenga zurück zu erobern.
Ab und zu werden sie mit Pfeilen der Amburger Bogenschützen beschossen, der für die Getroffenen das sofortige aus von Reichtum und Wohlstand bedeutet. Sartus führt schwer mit Proviant beladene von Pferden gezogene Wagen mit sich, das ein schnelles Vorankommen behindert.
 Es scheint, dass er aus den Fehlern beim Angriff auf Ambur gelernt hat.
Als sie jedoch den Wald von Schleser durchqueren

nimmt das Unheil seinen Lauf. Etwa zehn Angreifern. die wie Partisanen aus dem Hinterhalt agieren, gelingt mit gezielten Pfeilschüssen und Speerwürfen ein großes Durcheinander unter den von Sartus angeworbenen Männern aus Brähmen zu veranstalten. Viele laufen weg, denn Leben ist wichtiger als aller Reichtum dieser Welt.

Ull sagt, lass die Feiglinge laufen, wir werden unsere Gegner besiegen und der Schatz von Bottenga wird mein sein. Schnell besinnt er sich und fügt hinzu natürlich unser sein, für alle Zeiten.

Sartus wird hellhörig, vergisst aber sehr schnell in seinem Hass, die von Ull gesprochenen Worte.

Einen Tag später befielt Sartus ein schnelleres voran gehen. Die mit Proviant beladenen Wagen werden einige Stunden später eintreffen und uns versorgen. Wir müssen schnell sein um die Feinde zu überraschen! Wer reich sein will, kann auch auf manche Mahlzeit verzichten! Einige in Brähm angeworbene Kämpfer verlassen sofort Sarturs neu angeworbene Kampf Mannschaft. Als kurz danach andere von Pfeilen schwer verwundet werden, sinkt ihre Kampfmoral ins Bodenlose.

Mit nur siebzig kampfbereiten Männern überquert Sartus die Grenze des Bottenga Landes. Zum Sieg entschlossen und mit hoch erhobener Faust schreit er:

" Ich komme um euch zu vernichten" Der König kehrt zurück!" Ich bin nun wieder da!

Die Antwort auf sein Schreien war ein Pfeilhagel aus dem nahe liegenden Wäldchen, Wieder werden einige verletzt und zurück gelassen wer. Keine Gnade nur Hass.
In den Abendstunden des nächsten Tages erreicht er. mit seiner stark zusammen geschmolzenen Truppe, Assmer. Proviant ist nicht in Sicht! Sartus vertröstet seine Männer mit den Worten, morgen früh wird euch ein großartiges Frühstück serviert. Ull und seine Bande durchsuchen die leer stehenden Gebäude nach essbarem aber auch nach Geld und Schmuck. Sie finden nichts. Erbost legen sie sich nieder, träumen von Reichtum und Macht.

Nach dem erwachen am nächsten Morgen, sehen sie, dass nur der mit Brot und einem Fass schalem Wasser beladene Proviantwagen angekommen ist. Der Fahrer berichtet, dass sie plötzlich von vielen Kriegern aus Ambur umzingelt worden sind und der gesamte Proviant, von diesen mit genommen wurde. Nur er durfte weiter fahren und solle Grüße von Uve und Orst an Sartus weitergeben! Das Gesicht von Sartus wird rot vor lauter Zorn. Alle restlichen in Brähmen angeworbenen Söldner verlassen schimpfend das Lager. Ull der sich ihnen mit seiner Mörderbande entgegenstellt wird gnadenlos überrannt.

Das von Tull verstärkte Tor zur Burg Allfrei öffnet sich. Uve, Orst ihre Krieger und die von Sartus erbeuteten Proviantwagen werden eingelassen. Nach einer sehr herzlichen Begrüßung, lachen alle und freuen sich über die Proviantwägen. Noppus und Albon verzehren eine Extra Portion, auf einen Becher Wein zum Wohle von Sartus verzichten sie nicht. Ihlas der die Väter von Noppus und Albon kannte sagt:

Wie die Väter so die Söhne, auch im Kampf und der Treue zu Eldor, zu mir und zu Bottenga!

Bei einem Rundgang durch die Burg werden alle wichtigen Positionen mit Kämpfern besetzt. Soll er nur kommen dieser Sartus, wir werden ihn und seine Söldnerbande angemessen begrüßen! Wir wollen ihn mit Fahnen und Pfeilen empfangen.

Leandra und Eldor begeben sich in die Halle der Helden. Während Eldor die Geschichten seiner Vorfahren bestaunt, geht Leandra zum Bild ihres Vaters Atta der die Zukunft sieht. Und wieder ist ihr als ob Atta seine Gedanken an sie übermittelt. Laut und deutlich spricht sie jedes Wort das ihr Vater an sie mittels Telephation weitergibt. Eldor hört ihr aufmerksam und gebannt zu.

Nur er und eine Mörderbande stehen zwischen Freiheit oder Versklavung unseres Volkes. Tötet ihn bevor er wieder Söldner anwirbt. Er schmiedet hinterhältige Pläne um doch noch zu gewinnen! Er ist ein Feigling aber nehmt euch in acht, denn Feiglinge sind gefährlich, ohne Ehre und Gewissen. Achtet auf seinen rechten Arm, ein versteckter Dolch.

Sofort danach kehren sie zu den anderen zurück.
Eldor berichtet den Freunden von Leandras Vision.
Uve mischt sich ein, du bist also die Tochter meines
Freundes Atta, der mich und Ambur vor einer großen
Dummheit bewahrt hat. Wir müssen ihrer Vision
Glauben schenken. Jagt Sartus, bis er tot am Boden
liegt. Eldor spricht anschließend, Arem, Noppus,
Freddo, Geres und Lona ihr werdet mich beim Jagen
auf Sartus und seine Verbrecher begleiten.
Was ist mit mir, auch ich gehöre dazu sagt Leandra.
Dann sei mit dabei. Leandra weiß, dass Eldor sich
sehr um sie sorgt, sie küsst ihn, was von den anderen
mit Beifall beantwortet wird.
Als sie etwas später die Burg verlassen weht die
Fahne der Freiheit. Sie werden von monotonen Tönen
die auf alten Hörnern geblasen werden, verabschiedet.
Eine Tradition mit der ehemals Kämpfer für Bottenga
geehrt wurden.

Fahne der Freiheit

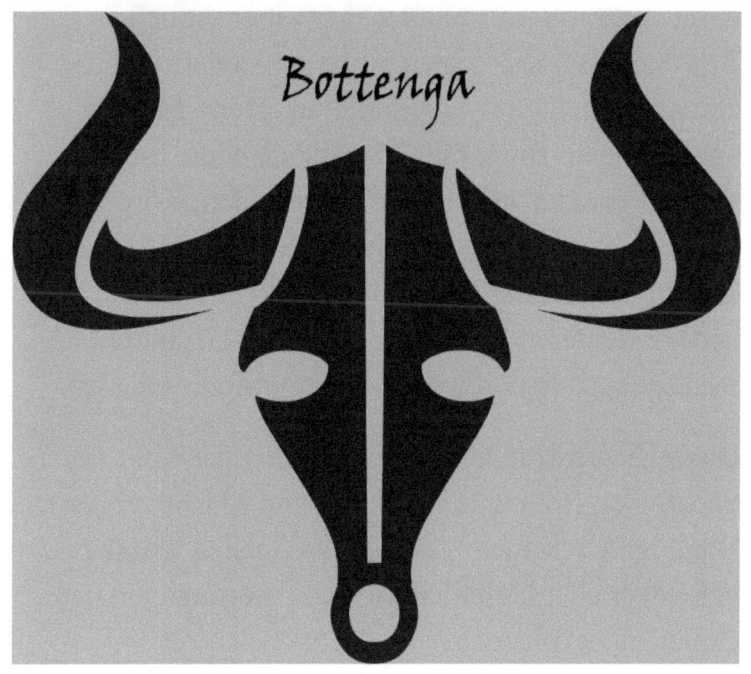

Auch Sartus und Ull vernehmen diese Töne, die bis weit ins Land zu hören sind, können sich es aber nicht erklären. Ull sagt wütend zu Sartus, hättest du dich in der Zeit als du hier den Herrscher gespielt hast, über die Traditionen des Landes informiert, wüssten wir nun was dies zu bedeuten hat!

Da Ull von Tag zu Tag immer aufsässiger und frecher wird, erzürnt Sartus maßlos. Mit einer schnellen Bewegung seines rechten Arms schleudert er ihm einen versteckten Dolch mitten ins Herz. Mit ungläubigem Blick fällt Ull tot zu Boden. Sofort entfernt er seine geheime Waffe aus dem Körper von Ull, reinigt und versteckt sie wieder.
Verrat, Verrat schreit er lauthals, Ulls Bande eilt herbei, sieht den am Boden liegenden Anführer, wenden sich ab und wollen Sartus sofort verlassen.

Dieser beschwört sie mit den Worten, habt, ihr den Schatz von Bottenga, Reichtum und Macht vergessen. Dann halte ich euch nicht auf, wer gehen will der gehe, wer aber bleibt hat meinen Anordnungen und Befehlen zu folgen!
Gallus ein guter Freund des Ull verlässt die Bande, sagt, Ich vertraue dir nicht Sartus, ich gehe. Er dreht sich nicht mehr um und verschwindet schnell. Sartus schickt einen der verbliebenen hinter ihm her, mit dem Befehl, Gallus zu töten. Dieser verfolgt Gallus und berichtet diesem was Sartus von ihm verlangt hat. Beide grinsen sich an, sind entschlossen zu zweit das Land Bottenga zu verlassen.

Auf der Suche nach Sartus begegnen Eldor und seine Freunde zwei schwerbewaffneten Männern die sich widerstandslos festnehmen lassen. Unter Androhung von Schlägen erzählen beide von den Geschehnissen aus Sarturs Lager.

Da sich Eldor mit den beiden nicht lange aufhalten will, entwaffnet er sie und verjagt sie mit folgenden Worten. Sollte ich oder einer meiner Freunde euch jemals in Bottenga wieder sehen, hat eure letzte Stunde geschlagen. Verlasst unser Land auf dem schnellsten Wege und kehrt niemals zurück .Mit schnellen Schritten laufen sie davon. Gallus sagt zu seinem Kumpel, das war knapp, sehr knapp. So nah war der Tod noch nie. Nur Abhauen, auf dem schnellsten Weg, bedeutet ein Weiterleben.

Auch Sartus wird verlieren, Eldor machte mit seinen Freunden die Menschen von Bottenga stark. So wie es vor langer Zeit gewesen war.

Eldor erreicht mit den Kämpfern Galdann, Nach einigen Stunden der erfolglosen Suche nach Sartus, beschließen sie nach Assmer zu gehen um dort ihre Feinde anzutreffen. Geres wird etwas ungeduldig, spricht in Gedanken versunken mit seinen Messern, bald ist es soweit meine kleinen Freunde, bald. Lona streichelt ihre Streitaxt und sagt lachend, Bald ist es soweit mein großer Freund, bald. Keiner kann sein Lachen zurückhalten das nur langsam verhallt.

Einer dieser Mörderbande von Ull der bei Sartus zurückblieb, erzählt den restlichen Banden Mitgliedern, dass er gestern auf dem Hemd des neuen Anführers Blut entdeckt habe, aber sich nichts dabei gedacht hat. Sofort wird diesen klar, dass nur Sartus, Ull das Oberhaupt ihrer Mordbande umgebracht haben kann. Ihre anschließende Suche nach ihm bleibt jedoch erfolglos! Sartus ist und bleibt verschwunden. Fluchend und voller Hass auf den Mörder von Ull bleiben sie gemeinsam am Ort des Geschehens mit dem Schwur nicht eher zu ruhen bis Sartus von ihnen gefangen und umgebracht wird.

Sartus ist wohl feige aber nicht dumm, als er im Haus von Botas, bemerkt hat, dass sein bisheriger Fluchtraum zugemauert wurde, beschleicht in das Gefühl die Schubladen einiger Schränke im Haus des Verräters zu durchsuchen. Durch diese Eingebung findet er nach einiger Zeit den dritten Ring des Erkennens. Sartus jubelt lauthals.
Botas hat diesen vor langer Zeit gestohlen! Sartus ist der Meinung, nun gefahrlos durch die Höhle der singenden Geister in die Burg Allfrei zurück kehren zu können! Schnell verlässt er den Ort, um Laar und die große Höhle zu erreichen.
Da er gehen nicht gewohnt ist, erreicht er Laar mit Blasen an den Füßen, Völlig erschöpft und in dem Wissen, dass ein Haus zu betreten für ihn sehr gefährlich sein kann, übernachtet er im Freien.

Am nächsten Morgen erwacht er mit vielen Mückenstichen an seinem gesamten Körper. Egal er will in die Höhle, nach einigen Stunden des Suchens entdeckt in der Höhlenwand eine kleine Öffnung in die sein Ring genau passt. Kein Singen nur Stille. Ein Durchgang! Schnell geht Sartus weiter. Im Hoffen es zu schaffen erreicht er den Raum der für Eldor und seine Freunde der Weg zur Burg war. Sartus jedoch irrt vergeblich an allen Wänden vorbei um mit dem Ring ein Tor zur Burg zu finden, was ihm jedoch nicht gelingt. Er tobt und schreit, doch niemand hört ihn. Er schlägt mit den Fäusten gegen die Wände bis sie blutig sind. Wo seid ihr, helft mir, ich bin der Herr, euer Herr! Im Wahn ruft er nach seinem Sohn Pern und nach Bull. Erschöpft fällt er mit einem irren Lachen zu Boden.

Inzwischen erreicht die Kampf Mannschaft von Bottenga unter Führung von Eldor den Ort Assmer. Sie teilen sich auf und betreten Assmer aus vier Richtungen. Die Gegenwehr von den letzten Kämpfern aus Sarturs Mörderbande hält sich in Grenzen. Sie sind überrascht, dass Eldor und seine Freunde sie so schnell gefunden haben. Einige Hiebe haben genügt um diese unschädlich zu machen.
Um Gnade bittend und aus Angst um ihr Leben be- richten sie von den Ereignissen der letzten Tage. Laut ihren Erklärungen ist Sartus geflohen, nachdem er Ull getötet hat. Er hat uns betrogen und belogen. Doch Mitleid hat keiner von diesen Mördern verdient. Sie werden gefesselt und auf die Burg Allfrei gebracht.

Fünf Krieger aus Ambur übergeben sie nach etwa zwei Tagen in Allgan ihren Richtern. Sie erwartet Kerker und Tod für das was sie dort getan haben!

Botas und Gurd werden wieder verhört. Als Albon seine Faust erhebt werden sie gesprächig. Botas der Verräter gibt zu, dass er vor vielen Jahren den dritten Ring der Erkenntnis gestohlen hat. Er würde diesen zu Hause in einem Schrank auf bewahren. Eine sofortige Überprüfung in seinem Haus ist jedoch ohne Erfolg. Eldor sagt, ich glaube, er hat den Ring bei Botas gefunden, aber jetzt haben wir ihn, Sartus ist in der Höhle, er kann nun nicht mehr zurück. Auch der Weg zu uns ist für ihn versperrt. Wir lassen ihn noch eine Weile dort nachdenken. Dann werden wir ihn holen. Wir werden diesen Verbrecher nach unserem Recht anklagen und verurteilen denn Recht und Gesetz ist nach Bottenga zurückgekehrt.
Es gilt nun wieder für alle und für jeden, denn jeder ist vor diesem Gesetz gleich, mit Rechten und Pflichten. So soll es ab dem heutigen Tag wieder sein!

Eldor sagt weiterhin:

*Recht und Gesetz, einst von unseren Ahnen
geschrieben, hat in Bottenga wieder Gültigkeit.
Zum Wohle aller Menschen in unserem Land!*

Uve und Orst wollen unbedingt noch einige Tage auf der Burg verbringen um Sartus auf der Anklagebank zu sehen. Ihre Krieger schicken sie unter der Führung von Jacobus zurück nach Ambur.

Drei Tage später begeben sich Eldor, sein Vater Ihlas und alle Freunde in die Halle der Helden. Beide erheben die Hände so, dass ein Singen ertönt, die Wand öffnet sich und alle treten in den Raum wo Ihlas und Marta viele Jahre ihres Lebens verbracht haben.
Sartus liegt wie tot am Boden, er bemerkt aber, dass er nicht mehr alleine ist. Eldor wirft ihm ein Schwert vor die Füße, verteidige dich nun Sartus, kämpfe um dein Leben. Ich bin Eldor, Sohn von Ihlas und zukünftiger König von Bottenga. Wild entschlossen ergreift dieser das Schwert und schlägt auf Eldor ein. Gekonnt wehrt dieser alle Hiebe ab.

Eldor trifft Sartus am Bein so, dass er zu Boden fällt.
Vor Sartus stehend spricht Eldor folgende Worte.

Es ist vorbei. Erhebe dich Sartus und folge uns damit du deiner gerechten Strafe zugeführt wirst.

Sartus steht auf hebt beide Arme als wollte er der Aufforderung von Eldur nachkommen!
Doch als er versucht mit seinem rechten Arm den versteckten Dolch auf Eldor zu werfen, trifft ihn gleichzeitig das Messer von Geres und der Speer von Arem direkt ins Herz. Der einstige Herrscher und Diktator von Bottenga stirbt so wie er gelebt hat. Wer ein Volk mit Gewalt beherrschen und versklaven will, wird irgendwann enden wie er und wie alle ehemaligen Diktatoren die Recht, Gesetz sowie Menschlichkeit und Menschenwürde vergessen haben!

Sternenhimmel über Bottenga
(erste Nacht in Freiheit)

Man beachte das Sternzeichen „Stier"

Ein Jahr später……

Leandra und Eldor sind mittlerweile verheiratet und erwarten ihr erstes Kind. Zwei Wochen später wird ihr Sohn geboren. Er soll den Namen Tull-Ihlas tragen!

Ihlas und Marta haben seither die Halle der Helden und ihren langjährigen Aufenthaltsort nicht mehr betreten. Sie sind mit Freuden Großeltern!

Arem und Geres werden Hauptmänner und Ausbilder der neuen Truppe: „Verteidiger von Bottenga"

Freddo heiratet Lona, schlägt im Felsenland Steine, mit denen er für sich und Lona ein Haus bauen will, um mit ihr darin alt zu werden.

Noppus und Albon nehmen das Angebot von Uve und Orst an, in Ambur eine Schule für Faustkämpfer zu gründen. Doch einmal im Jahr kommen sie zum Felsenfest nach Laar.

Neler geht nach Goola und wird dort zum Bürgermeister ernannt.

Tull schmiedet Waffen für Arem, Geres und die neue Truppe: „Verteidiger von Bottenga"
Oft besucht er zusammen mit Geela, Eldor und seine Familie.

Gurd und Botas werden nach Verbüßung ihrer Strafe des Landes verwiesen und nie mehr gesehen.

Es wurde geschrieben!
Im Jahre der Befreiung
von Knechtschaft und Sklaverei.

Die Höhle der singenden Geister, die für Sartus zur Höhle der Verdammnis wurde, bleibt nun verschlossen, darf aber bei drohender Gefahr für Bottenga und seine Bewohner von Eldor und Ihlas geöffnet werden!

Eldor König von Bottenga

Weitere Bücher des Autors Norbert Scheurig

Sie kamen aus dem Eis (Fantastische Geschichte)

Wer versteht wird erkennen (Gedichte)

In diesem Leben (Gedichte)

Gedichte, Worte und Visionen

Gedichte, Worte und Visionen 2

Herstellung und Verlag:
BoD - Books on Demand, Norderstedt
ISBN 978-3-7412-6585-3